전능의 팔찌

THE OMNIPOTENT BRACELET

김현석 현대 판타지 소설
FUSION FANTASTIC STORY

전능의 팔찌 40

김현석 현대 판타지 소설

초판 1쇄 찍은 날 § 2014년 8월 26일
초판 1쇄 펴낸 날 § 2014년 9월 3일

지은이 § 김현석
펴낸이 § 서경석

편집부장 § 권태완
편집책임 § 박은정

펴낸곳 § 도서출판 청어람
등록번호 § 제387-1999-000006호
등록일자 § 1999. 5. 31
어람번호 § 제1-1926호

주소 § 경기도 부천시 원미구 부일로 483번길 40 서경B/D 3F (우) 420-822
전화 § 032-656-4452 팩스 § 032-656-4453
http://www.chungeoram.com
E-mail § E-mail § chungeorambook@daum.net

ISBN 979-11-316-9179-3 04810
ISBN 978-89-251-2596-1 (세트)

전능의 팔찌

THE OMNIPOTENT BRACELET

40

FUSION FANTASTIC STORY
김현석 현대 판타지 소설

청어람

CONTENTS

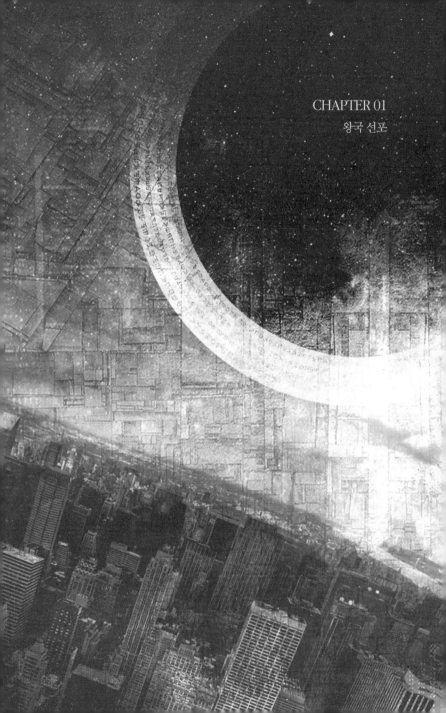

CHAPTER 01
왕국 선포

전능의팔찌
THE OMNIPOTENT
BRACELET

미판테 왕국으로부터 온 이주민들 모두 무사히 코리아도에 당도하자 하리먼이 다가와 정중히 예를 올린다.

"역시 로드십니다."

현수는 오늘 매스 텔레포트를 20여 번이나 실행했다. 매번 엄청난 마나가 소모되었다.

그럼에도 현수는 피곤한 기색 하나 없이 생생한 모습이다. 같은 마법사로서 어찌 감탄하지 않을 수 있겠는가!

하리먼은 본시 4서클 마법사였다.

귀족의 딸을 수도까지 수행하는 임무를 맡고 항해하던 중 해적들을 만났다. 애꾸눈 잭이 이끄는 성정 흉포한 놈들이다.

하리먼 일행이 탄 배는 일반 상선이고 해적선은 이보다 규모는 작지만 훨씬 빠른 배들이다.

순식간에 거리가 좁혀졌고, 갈고리 달린 밧줄들이 던져졌다. 상선과 해적선이 맞닿게 되자 격렬한 해전이 벌어졌다.

이에 하리먼은 본신의 모든 능력을 동원하여 마법을 난사했다. 그러던 어느 순간 주군의 딸이 생포된 걸 보았다.

마스트 꼭대기에 있던 견시수가 해적선이 다가온다는 고함을 지른 직후 하리먼은 주군의 딸에게 안전하다는 전갈을 보내기 전까지 선실 깊숙한 곳에 숨어 있으라 했다.

그런데 그 말을 듣지 않고 나왔다가 해적에게 잡힌 것이다. 하여간 이럴 때 말 안 듣는 귀족 나부랭이들은 볼기를 쳐서라도 버릇을 고쳐놓아야 한다.

아무튼 주군의 딸을 사로잡은 해적은 괴소를 머금은 채 하리먼을 협박했다.

"어이, 거기 있는 마법사! 순순히 포박을 받아라. 그럼 이 계집은 안전할 테니."

"······!"

하리먼이 대답 대신 매직 미사일 룬어 영창을 하고 있을 때 해적이 말을 이었다.

"크흐흐흐! 만일 말을 듣지 않으면 이 계집의 배 위로 최소

100명이 올라탈 거야. 그래도 좋아? 크흐흐흐!"

은밀히 마법을 준비하고 있던 하리먼은 모든 걸 포기할 수밖에 없었다. 놈이 주군의 딸이 걸치고 있던 의복을 찢고 있었기 때문이다.

이러는 사이에 치열했던 접전은 멈췄다.

당연히 모두의 시선은 주군의 딸에게 향해 있다. 그녀의 안위가 걱정된 때문이다.

이런 상황에 나신이 되어버리면 큰일이다.

그렇기에 두 손을 들어 항복을 표할 수밖에 없었다. 그러지 않았으면 상당히 많은 해적을 죽일 수 있었을 것이다.

하지만 주군의 딸이 한낱 해적들에게 수없이 능욕당할 수 있는데 어찌 그러겠는가!

이렇게 되어 포로가 된 하리먼은 해적의 근거지였던 이곳에서 애꾸눈 잭과 그 휘하의 명을 받으며 살아야 했다.

그러는 동안 주군의 딸은 거액의 몸값을 내고 풀려났지만 하리먼은 그러지 못했다. 자신의 딸을 제대로 보호하지 못한 죄를 물어 주군이 그의 몸값 내는 걸 거부한 때문이다.

다시 말해 주군으로부터 버림받은 것이다.

어쨌거나 해적들은 필요할 때마다 하리먼의 손목에 채워진 마나구속구를 풀어주고 마법을 쓰도록 하였다. 하여 서클 손상을 입지 않은 유일한 마법사이다.

이후 현수가 해적들을 상대할 때 얼른 달려와 무릎을 꿇고 소상히 보고한 바 있다.

현재는 코리아도는 물론이고, 이실리프 군도 전체를 총괄하는 임시 책임자로 근무 중이다.

현수가 해적들을 소탕하면서 챙긴 각종 금은보화에 대한 임시 처분권도 받았다.

강낭콩만 한 다이아몬드는 1톤 트럭의 적재함을 가득 채울 정도로 많다. 에메랄드, 사파이어, 루비 등은 그보다도 훨씬 더 많다.

보석이 흔한 대륙이니 이상한 것은 아니다.

금화는 1,200여 궤짝, 은화는 3,800여 궤짝이나 된다.

그런데 궤짝이 상당히 크다. 하나의 내부 크기는 가로 1.2m, 세로 1.0m, 높이 1.0m이다. 실용적이 1.2㎥나 된다.

살펴보니 여덟 명이 들도록 손잡이가 달려 있는데 과연 들 수 있을지 의문이 든다.

금화나 은화가 가득 담기면 둘 다 비중이 큰 물질인지라 엄청난 무게가 될 것이기 때문이다.

하여 뚜껑을 열어보니 경량화 마법진이 그려져 있다.

그런데 저서클 마법사가 인챈트한 것이라 효율이 낮아 무게를 2분의 1 정도로만 줄여줄 뿐이다.

현수는 모르지만 이 궤짝들은 이동할 때 밑에 둥근 나무를 깔아놓고 밀어서 이동시켰다.

경량화 마법의 효율이 너무 낮기에 여덟 명이 온 힘을 다해도 들 수 없었던 때문이다.

사실은 온 힘을 다해 밀어야 간신히 이동 가능했다.

금의 비중은 약 19.3g/㎤이다. 만일 궤짝 가득 금화가 담겼고, 용적의 70%를 차지한다면 그 무게는 16톤 정도 된다.

이것의 2분의 1은 8톤이다. 어찌 여덟 명이 들 수 있겠는가! 헤라클레스가 와도 어려울 것이다.

하지만 현수에겐 별로 어려운 일이 아닌지라 슬쩍 마법진을 손봤다. 2분의 1이었던 무게가 이제부터 20분의 1로 줄어들 것이다.

그래도 궤짝 자체 무게를 뺀 내용물의 무게만 810.6㎏이나 된다. 여전히 들기는 힘들겠지만 밀어서 이동시키는 것은 한결 쉬울 것이다.

아무튼 궤짝마다 가득 담긴 금화와 은화는 헤아려 보지 않아 정확히 알 수는 없지만 어마어마한 금액이 될 것이다.

이 밖에 동화 또한 상당히 많다.

이건 조금 작은 궤짝에 담겨 있다. 가로 60㎝, 세로 40㎝, 높이 50㎝짜리 궤짝으로 약 10,000개이다.

워낙 수량이 많으니 이 액수 또한 상당할 것이다.

현수는 무표정한 얼굴로 하리먼을 바라본다.

"하리먼, 이곳에선 로드라 부르지 말라 했다."

"아! 죄송합니다, 국왕 폐하!"

하리먼이 고개를 숙이자 그의 뒤에 있던 마법사와 기사, 그리고 귀족과 행정관들이 일제히 허리를 꺾는다.

마법사들의 선두엔 컬리가 서 있다.

3서클 마법사로 하리먼을 만나기 전 모든 마법사에 대한 지휘 권한을 부여했던 자이다.

컬리의 곁에는 체격 당당한 사내가 서 있다.

본시 미판테 왕국 홀렌 영지의 수석기사였던 로드젠 아우딘 준남작이다.

이 역시 주군의 명을 받아 수도로 가다 해적에게 잡힌 운 없는 사내이다. 그러는 사이에 홀렌 영지는 영지전에 패해 완전히 몰락해 버렸다. 주군과 그 일가 모두 목숨을 잃었으니 충성의 대상이 사라진 것이다.

그러다 현수에 의해 구함을 받았고, 지고무상한 그랜드 마스터라는 걸 알고는 그 즉시 무릎을 꿇었다. 그때 현수는 기사출신 포로들에 대한 지휘권을 로드젠에게 부여한 바 있다.

현재 하리먼은 전체를 통솔하고, 컬린은 마법사들을, 로드젠은 기사들을 지휘하고 있다.

어쨌거나 모든 마법사와 기사, 그리고 행정관과 상인들 모두 깊숙이 허리를 숙인다.

"신들이, 국왕 폐하를 알현하옵니다."

이 모습을 본 세실리아는 화들짝 놀라는 표정이다.

"네에? 구, 국왕 폐하시라구요?"

"그러하오! 앞에 계신 분은 이실리프 마탑의 제2대 마탑주이시자 위대하신 위저드 로드이시며, 우리 이실리프 왕국의 지엄하신 국왕 폐하이시오."

"네에……?"

세실리아는 너무도 큰 정신적 충격을 받았다는 듯 교구를 휘청거린다. 순간적으로 다리의 힘이 풀린 때문이다.

한 번도 먹어보지 못한 라면이라는 요상한 음식으로 28,000여 명을 배불리 먹이는 것을 보고 범상치 않은 인물일 것이라 생각하기는 했다.

그럼에도 이 세상 모든 마법사의 수장이며, 한 왕국의 국왕이라는 데 어찌 놀라지 않을 수 있겠는가!

"소, 소녀가 감히 폐, 폐하께 무례를 저질렀사옵니다. 요, 용서하여 주시옵소서!"

세실리아가 무릎을 꿇자 따라왔던 28,000여 명의 난민 모두 따라서 꿇는다.

영주로 모셨던 자작만 해도 감히 우러러볼 수 없는 존재였다.

영주의 면전에선 고개를 들어 시선을 마주치는 것만으로

도 불경죄를 범했다며 치죄했다. 그런데 그런 영주들조차 감히 우러르기 힘든 존재가 바로 국왕이다.

그렇기에 찍소리 않고 무릎 꿇고 고개를 조아린 것이다.

말없이 그들의 곁에 있던 루시와 카시발 또한 대경실색하며 무릎을 꿇는다. 현수가 일국의 국왕이라는 건 전혀 상상도 못한 때문이다.

스트마르크 영지 창공기사단 소속 기사이며 스트마르크 백작의 아들인 하인스 후안 반 스트마르크와 그의 아내가 될 실비아 역시 무릎 꿇고 있다.

루이체 영지 에드몬드 지안 반 루이체의 작은아들 왈로드 역시 정중히 고개 숙이고 있다.

남작의 딸이었으나 해적들에게 잡혀 와 온갖 고초를 겪으면서도 밝음과 쾌활함을 잃지 않았던 라시아의 짝이 될 녀석이다.

이 밖에 호마린 영지의 소영주 스미든 코린 반 호마린도 있다. 경솔한 판단으로 병사와 영지민들에게 큰 피해를 입힐 뻔한 녀석이다.

아드리안 공국 최남단에 위치한 항구도시 콘트라를 다스리는 파이젤 백작의 똘똘한 아들 피터와 유모 엠마도 있다.

이곳에서 체계적인 교육을 받아 조만간 처조카가 될 이냐시오 에델만 드 로이어와 더불어 최연소 소드 마스터가 되어

명성을 드날릴 녀석이다.

아무튼 각각 현수가 위저드 로드 또는, 그랜드 마스터라는 것을 알고 있었지만 국왕이라는 지엄한 신분까지 있는 것은 몰랐기에 모두들 놀란 표정이다.

그렇기에 현수의 말에 따라 고개를 들기는 했지만 어느 누구도 시선까지 맞추진 못한다. 범접할 수 없는 위엄 때문이다.

현수는 천천히 걸어 단상 비슷한 곳에 올랐다. 그리곤 장중한 음성으로 이야기를 시작했다.

"들어라! 나는 악의 무리가 점령하고 있던 이 땅을 정복하고 모든 해적을 노예로 삼았다. 이제 바닷길을 정화하여 세상에 도움이 되는 곳으로 만들려 한다."

"……!"

마나가 실린 장중한 음성이 퍼져 나가자 모두들 다시 한 번 고개를 숙인다. 온몸으로 느껴지는 카리스마를 감당할 수 없기 때문이다.

"너희가 알다시피 나는 이실리프 마탑의 제2대 마탑주이자 위저드 로드이며, 그랜드 마스터이고, 보우 마스터이기도 하다."

현수가 여기까지 말하고 잠시 말을 끊은 사이에 저마다 한마디씩 중얼거린다. 그 내용을 간추리면 대강 아래와 같다.

"아아! 경애하는 위저드 로드께 영원한 영광 있으시길 기원드리옵나이다."

"위대하신 그랜드 마스터님께 온 마음을 다해 깊고, 높은 경배드리옵니다. 천세 만세 하시길……!"

"허억! 보우 마스터이시기도 하다니……. 참으로 위대하시옵나이다. 진심을 다해 경배드리옵니다."

잠시 중인들의 중얼거림을 들어준 현수는 말을 이었다.

"뿐만 아니라 물과 불, 그리고 바람과 물의 최상급 정령들을 부리는 정령사이기도 하다."

"허억……! 사람이 어찌……?"

"말도 안 돼! 눈을 씻고 찾아봐도 찾기 어려운 게 정령사인데… 그것도 하급이나 중급이 아니라 아예 최상급 정령을 부리시다니……! 그렇다면 가히 정령왕급이시네."

"아니야! 물과 불, 바람과 물 이렇게 4대 속성 정령 전부를 부리신다면 정령왕이 아니라 정령신이신 거야."

"끄으응……!"

모두들 기함할 듯 놀란다. 그만큼 귀한 것이 정령사이기 때문일 것이다. 또 잠시 말을 끊었던 현수는 중인들을 둘러보았다. 장차 이실리프 왕국의 백성 될 자들이다.

오늘 이 자리에서 하나의 신화를 만들어내야 한다. 그래야 대대손손 절대적인 충성심이 발현될 것이기 때문이다.

"나는 오늘 이 땅을 이실리프 왕국으로 선포한다. 아울러

내가 곧 초대 국왕이다. 이를 자축하는 의미로 물의 최상급 정령 엘리디아는 여기 있는 모든 이에게 물의 세례를 베풀도록 하라."

쏴아아아아아—!

물의 최상급 정령은 전설처럼 전해지는 용과 비슷한 모습이다. 그런데 자유자재로 동체의 크기를 조절할 능력이 있는 존재이다. 에티오피아에서 이미 보여주었다.

현수의 말이 떨어지기 무섭게 대기하고 있던 엘리디아는 가장 먼저 호명받은 것이 기쁘다는 듯 나직이 포효했다.

물론 현수의 귀에만 들리는 소리이다.

순식간에 수백 가닥으로 몸을 나눈 엘리디아는 중인들의 몸을 그대로 훑고 지났다.

다음 순간 모두가 물벼락을 맞은 것처럼 흠뻑 젖어버렸다. 사전에 이렇게 하도록 지시를 내린 결과이다.

어쨌거나 장내의 모든 사람은 생수로 목욕을 한 것처럼 깨끗해졌다. 그 순간 모두의 눈에 경애의 빛이 흐른다. 정말 물의 최상급 정령을 부린다는 것을 알게 된 때문이다.

이 순간 현수의 입술이 다시 달싹인다.

"바람의 최상급 정령 실라디아는 여기 있는 모든 이의 옷을 말려주도록 하라."

휘이이이이잉—!

고요하던 공기가 요동치는가 싶더니 사람들의 옷이 펄럭이기 시작한다. 실라디아의 머리카락이 길어지는가 싶더니 서늘한 바람이 훑고 지난 때문이다.

"으아! 내 옷이 순식간에 다 말랐어."

"허억! 그러게. 방금 전까지 물이 뚝뚝 흘렀는데."

"바, 바람의 최상급 정령님이 말려주신 거야."

"우와! 진짜……."

사람들 모두 놀란 표정이다. 대부분 정령의 능력을 처음 체감하기 때문이다.

이 순간, 입술이 파랗게 변한 사람들도 있다. 너무 서늘한 바람이 불어 체온이 급격하게 떨어진 때문이다.

이 역시 사전에 협의된 결과이다.

"으으! 근데 너무 추워."

"으드드드! 나도 너무 추워. 으드드드!"

"어머! 입술이 왜 파래요?"

의료계에선 이걸 청색증(Cyanosis)이라 한다.

피부나 점막이 푸른색을 띠는 증상으로 심폐질환에서 볼 수 있는 증상 중 하나이기도 하다.

이는 산소와 결합하지 않은 환원 헤모글로빈[1]의 양이 혈액 $100ml$당 5g 이상으로 늘어날 때 생긴다.

---

1) 환원 헤모글로빈(Reduced hemoglobin) : 헤모글로빈은 효소와 결합해서 산소헤모글로빈(Oxyhemoglobin)이 되는데 효소를 풀어주면 본래의 헤모글로빈이 된다. 이것을 환원헤모글로빈 이라고도 한다.

이것의 원인은 크게 중심성과 말초성으로 나뉜다.

중심성은 동맥혈의 산소 포화도가 낮아져 일어나며, 심장이나 호흡기질환에서 자주 나타난다.

호흡기질환으로는 폐의 가스를 바꾸지 못하여 생기는 폐결핵, 폐렴, 폐기종, 기흉, 흉막염 등이 있다.

말초성은 말초동맥과 정맥이 순환하지 못할 때 생긴다.

말초 혈류가 막히거나 가득 차서 생기는 심부전의 경우나 국소 정맥을 누를 때 나타난다.

그리고 건강한 사람도 추운 상태에 오래 머물러 있거나 정신적으로 심하게 긴장하면 생길 수 있다.

현수는 추위에 떨고 있는 많은 사람을 보곤 다시 입술을 달싹였다.

"불의 최상급 정령 이그드리아는 추위에 떨고 있는 사람들에게 온기를 베풀도록 하라."

후와아아아아아─!

사람들을 향해 따뜻한 기운이 뿜어져 가자 파랗던 입술이 이내 빨간색으로 되돌아온다.

"아! 따뜻해. 부, 불의 최상급 정령님의 기운이야."

"아아! 너무 따뜻해."

또 한 번 웅성거릴 때 현수의 입술이 다시 달싹인다.

"땅의 최상급 정령 노에디아는 바닥을 편평히 하며, 흙속의 돌로 위를 포장토록 하라."

그그그그그그그그궁—!

"헉! 이, 이건……."

"우와! 바닥이 움직여."

"으앗! 흐, 흙은 내려가고 돌이 올라온다."

사람들이 서 있는 상태에서 바닥이 바뀐다.

울퉁불퉁하던 표면이 편평해짐과 동시에 흙속의 자갈 등이 위로 올라오기 시작한 것이다.

사람들이 놀라서 웅성거릴 때 모든 일이 마쳐졌다.

이때 현수의 마나 실린 음성이 다시 울려 퍼진다.

"오늘 나는 우리가 함께했던 이곳을 이실리프 광장이라 이름 붙인다. 이제 파이렛 군도라는 명칭은 없으며 59개의 섬을 일컬어 이실리프 군도라 이름한다."

"……!"

"아울러! 이제 이 땅은 이실리프 왕국의 영토이다."

"우와아아아아아아!"

"이실리프 왕국 만세! 만세! 만세! 만세!"

"위대하신 국왕 폐하 만세! 만세! 만세!"

"와아아아아아아아!"

모두가 두 손을 번쩍 들고 환호성을 터뜨린다.

현수는 잠시 이들의 하는 양을 보고만 있었다. 이윽고 환호성이 잦아들 때 다시 입을 열었다.

"우리 이실리프 왕국엔 귀족과 평민 같은 계급은 없다."

이 한마디에 모두의 시선이 쏠린다.

이 자리에 있는 사람들 가운데 귀족은 로드젠 준남작뿐이다. 그나마 단승이라 자식이 있어도 작위를 물려줄 수 없다.

그렇기에 귀족이 없다는 말에 눈을 크게 뜬다.

"……!"

대신 입은 닫고, 귀는 활짝 열었다. 이제부터 들리는 말을 단 한 자도 놓치지 않으려는 것이다.

"이 왕국은 내가 임명하는 관리들에 의해 다스려질 것이며 모두의 신분은 평등하다. 다만 해적들은 짐의 윤허가 있을 때까지 노예의 신분이 유지된다."

잠시 말을 끊었지만 아무도 뭐라 입을 열지 않는다. 이것으로 끝날 말이 아니기 때문이다.

"국가가 유지되려면 체계화가 되어야 한다. 따라서 내가 임명하는 관리의 말에 절대 복종하되 불합리하다 판단되는 것은 언제든 내게 고할 수 있도록 하겠다."

아르센의 다른 국가들은 국왕이 귀족을 임명하면 그는 평민을 다스리고, 노예들을 부린다.

상부에서 잘못된 지시를 내려도 이를 시정할 방법이 없다. 불편부당한 일이 자행되어도 그대로 당해야만 한다.

많은 국가에선 사문화되었지만 일부 국가에서는 여전히 실행되는 초야권 같은 것이 그러하다.

초야권이란 결혼 첫날밤에 신랑보다 먼저 신부와 동침하는 권리이다. 주로 영주가 이 권리를 행사하며 드물게 신전 사제가 행하기도 한다.

이걸 피하려면 제법 액수가 큰 결혼세를 내야 한다.

아무튼 이런 불합리한 일이 시정될 길을 터준다니 획기적이다. 그런데 어떻게 하는지 알 수가 없다.

하여 더 자세히 설명해 달라는 눈빛을 보낸다. 어찌 이 뜻을 못 알아차리겠는가!

"이곳 이실리프 광장엔 고루(鼓樓)가 생길 것이다. 누구든 억울한 일을 당하거든 와서 그것을 쳐라. 이 북의 명칭은 신문고[2]라 하겠다. 아울러 하소연을 들어줄 전담 부서를 만들어줄 것이며 내가 친히 그것들을 챙길 것이다."

"……!"

모두들 억울한 일을 당했을 때 종을 치는 장면을 상상하는 듯하다. 이때 현수의 말이 이어진다.

"짐은 이실리프 왕국의 초대 총리로 마법사 하리먼을 임명한다. 하리먼은 앞으로!"

"네, 폐하!"

---

2) 신문고(申聞鼓) : 1401년(조선 태종 1년) 백성들의 억울한 일을 직접 해결하여 줄 목적으로 대궐 밖 문루(門樓) 위에 달았던 북.

하리먼이 앞으로 나와 무릎을 꿇는다.

현수는 엄숙한 표정으로 입술을 열었다.

"아공간 오픈! 아리아니, 나의 검을 다오!"

"네! 주인님."

어깨 위에서 여태까지의 상황을 지켜보던 아리아니는 이제야 할 일이 생겨 기쁘다는 듯 환히 웃고는 현수가 애검으로 사용하기 시작한 '데이오의 징벌'을 꺼내주었다.

이름 모를 어떤 드워프가 온갖 정성을 들여 만든 이것은 통짜 오리하르콘이다.

가장 강한 금속으로 만들어진 이것의 폼멜 아래엔 Deio's Punishment라 파여 있다. 참고로 데이오는 대지를 관장하는 가이아 여신의 짝인 '전쟁의 신'이다.

처음 이것을 보았을 때 폼멜에 푸른색 초특급 마나석이 박혀 있었고, 라이트닝 마법이 인챈트되어 있었다.

현수는 이것을 손봐 놨다.

명색이 위저드 로드가 쓰는 검이다. 어찌 라이트닝 마법 같은 하위마법에 어찌 만족하겠는가!

하여 기존에 새겨진 마법진을 지우고 새롭게 9서클 궁극마법인 라이트닝 퍼니쉬먼트를 인챈트시켰다.

이 마법은 시전자 본인으로부터 5m 이상 떨어진 곳으로부터 200m 이내로 범위가 정해져 있다.

125,521㎡이니 약 0.125㎢이다. 이 면적에 떨어진 벼락의 수는 약 1,000만 개다.

1㎡당 100개 정도이니 산술적으로 따져보면 100㎠당 하나이다. 다시 말해 가로세로 10㎝짜리 사각형 하나에 번개 하나가 떨어진다.

적이 누가 되었든 전멸을 면치 못할 것이다. 덩치 큰 자라면 더 많은 벼락에 맞아 뒈질 것이다.

이 마법이 효과적으로 시전되도록 폼멜에 박힌 초특급 마나석 주변에 고성능 마나집적진을 그려 넣었다.

한번 시전되면 마나석이 품고 있던 모든 마나가 완전히 소진되므로 다시 충진되도록 하려는 것이다.

마나 농도에 따라 완충되는 데 걸리는 시간은 다를 것이다.

평범한 곳이라면 꼬박 1개월이 걸리겠지만 세계수 아래라면 이틀이면 채워진다.

이 마나석 이외에도 하나의 마나석을 더 박을 생각이다.

이건 다른 마법들이 구현되도록 하려는 의도이다. 다른 마법이란 텔레포트를 의미한다.

전능의 팔찌에 새겨진 그것처럼 검의 주인이 위기에 처하게 되면 자동으로 멀린의 레어로 가도록 한다.

도착 즉시 앱솔루트 배리어가 형성되고, 타임 딜레이에 이어, 컴플리트 힐과 리커버리 마법도 구현된다.

죽음의 위기에 처한 후손을 위한 조치이다.

아직은 아니지만 앱솔루트 배리어로 보호될 공간엔 적어도 몇십 년은 먹고살 수 있도록 음식물과 생필품을 가져다놓을 예정이다.

어쨌거나 단번에 수만 내지 수십만 명을 죽일 수도 있는 이 검은 아무나 쓸 수 있도록 해서는 안 된다.

대륙의 모든 왕가 및 황가는 혈통으로 이어진다.

그렇기에 일종의 유전자 감응진을 새겨 넣을 생각이다.

현수 본인과 유전형질이 어느 정도 이상 일치하지 않으면 설사 마법사라 할지라도 마법은 구현되지 않는다.

데이오의 징벌은 오리하르콘으로 제작된 검 이상 이하도 아닌 것이 되는 것이다.

아무튼 현수는 앞으로도 오랫동안 세상을 살 것이다.

1,200년 가까운 세월이니 이 검에서 라이트닝 퍼니쉬먼트가 시전될 일은 당분간 없을 것이다.

아무튼 현수는 아리아니로부터 데이오의 징벌을 건네받았다. 그런데 이 장면이 사람들의 눈에는 아주 신기하게 보인다.

아공간은 현수의 등 뒤에서 열렸고, 데이오의 징벌만 꺼낼 만큼 입구가 좁았기 때문이다.

따라서 시커먼 아공간의 입구를 본 사람은 없다. 아울러 아리아니는 사람들의 눈에는 뜨이지 않는 존재이다.

그렇기에 마치 허공에서 검이 솟아나는 듯했다. 마치 은빛 찬란한 검이 신에 의해 만들어지는 듯한 모습이었다.

"이 검은 전투의 신의 높은 이름을 딴 '데이오의 징벌'이란 것이다. 나는 이 검을 우리 이실리프 왕가의 징표로 삼는다."

잠시 말을 끊은 현수는 데이오의 징벌을 번쩍 추켜들었다.

당연히 모두의 시선이 쏠렸는데 기다렸다는 듯 햇볕이 번쩍이는 반사광을 만들어 사방으로 흩뿌려진다.

"나는 이 검으로 하리먼을 이실리프 왕국의 초대 총리에 임명한다. 하리먼! 그대는 짐에게 절대 충성을 맹세하겠는가?"

"신! 하리먼, 목숨을 바쳐서라도 위대하신 국왕 폐하를 보필할 것이옵니다."

"좋다! 그대의 충성 맹세를 짐은 받아들인다. 그대는 짐을 보필하여 우리 이실리프 왕국이 자손만대까지 번창하도록 초석을 쌓는 일을 하도록 하라."

"감히! 국왕 폐하의 어명을 받자옵니다."

쿵―!

감격에 겨운 하리먼은 저도 모르게 이마를 바닥에 박았다. 이 순간 이마의 살이 터지면서 선혈이 배어나온다.

고개를 든 하리먼의 눈빛은 이글거리고 있었다. 넘치는 감격에 겨운 눈빛이다.

"힐!"

샤르릉—!

마나가 쓰며들자 흘러내리던 선혈은 이내 멈춰 버린다.

"엘리디아! 닦아줘라."

"네, 마스터!"

엘리이아가 하리먼의 얼굴을 스치자 흘러내렸던 충성의 선혈이 얼굴에서 떨어져 허공에 둥둥 떠 있다.

이런 일이 빚어지면 이렇게 하라고 사전에 지시한 결과이다.

현수는 멀지 않은 곳에 있던 라이사에게 시선을 주었다.

"라이사! 깨끗한 천을 가져오도록."

"네! 폐하!"

공손히 두 무릎을 굽혀 예를 취한 라이사는 근처에 있던 방갈로에서 작은 손수건을 들고 나왔다.

"여기 있사옵니다. 폐하!"

라이사가 다가와 공손이 그것을 건네자 현수는 허공의 선혈이 손수건에 배어들도록 했다.

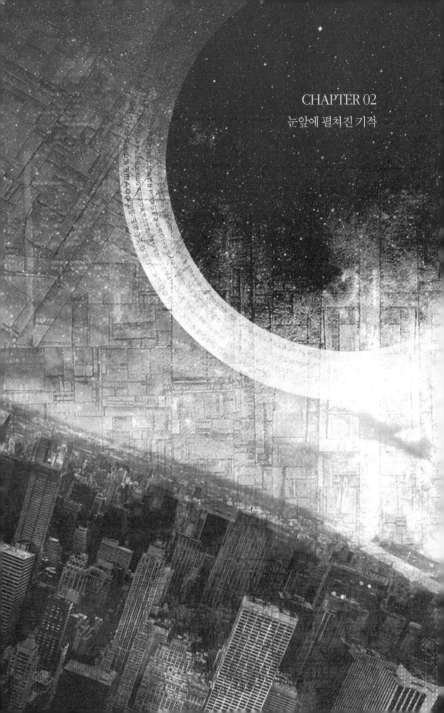

CHAPTER 02
눈앞에 펼쳐진 기적

전능의팔찌
THE OMNIPOTENT
BRACELET

"하리먼! 이 피는 그대가 내게 충성을 맹세하면서 흘린 것
이다. 그대 집안의 가보로 삼으라."

하리먼은 4서클 마법사이다. 당연히 젊은이가 아니다. 그
럼에도 집안의 가보로 삼으라 하였다.

지금이라도 장가를 가서 자손을 보라는 뜻이다.

마법사의 전제조건은 빼어난 두뇌의 소유자여야 한다. 마
나감응도는 그다음이다.

다시 말해 머리가 나쁘면 마법을 익힐 수 없다.

그리고 두뇌는 유전되는 듯하다.

주변을 둘러보면 대체적으로 똑똑한 부모 밑에 영특한 자녀가 태어나는 경우가 많다.

물론 멍청한 부모 아래에서 천재가 태어날 수 있고, 영특한 부모가 바보를 낳을 수도 있다. 이는 잠재된 유전인자의 발현 또는 돌연변이 정도로 설명될 수 있을 것이다.

어쨌거나 하리먼은 두뇌가 개발되어 있는 사람이다. 이런 사람이 자손을 보지 않고 세월 따라 가버리면 국가적 손실이다. 하여 가문이란 말로 자극한 것이다.

"충─! 폐하의 고언 가슴 깊이 새겨 대대손손 이실리프 왕가에 대한 충성을 되새기는 징표로 삼겠나이다."

국왕의 지엄한 명이 본인의 결혼이다. 이것부터 못하겠다고 하면 모양새가 빠진다. 그렇기에 하리먼은 어쩌면 귀찮을지도 모를 결혼 생활이라는 삶을 살겠다고 맹세한 것이다.

현수는 데이오의 징벌로 하리먼의 양어깨와 머리를 차례로 건드렸다.

"이제 그대는 이실리프 왕국의 초대 총리이다. 막중한 책무가 주어졌으니 혼신의 힘을 다해 짐을 보필하라."

"충! 국왕 폐하의 지엄하신 명을 받자옵니다."

"좋아, 이제 컬리 경과 로드젠 경은 앞으로 나오라."

"네, 폐하! 컬리 대령이옵니다."

"신, 로드젠 존엄하신 폐하의 명을 받자옵니다."

둘이 나서서 나란히 설 때까지 사람들의 시선은 떨어지지 않았다. 막강한 권력자들이 탄생하는 순간이기 때문이다.

"먼저, 컬리 경에게 묻겠다. 짐과 이실리프 왕국에 충성하겠는가?"

"신! 컬리, 지엄하신 국왕 폐하와 대대손손 영광 속에 있을 이실리프 왕국에 절대 충성함을 맹세하옵니다."

쿵—!

보고 배운 게 있어서 그런지 뇌가 울리도록 이마로 바닥을 갈겨 버린다. 당연히 이마에선 붉은 선혈이 흘렀고, 엘리디아와 라이사가 또 한 번 움직였다.

컬리 역시 마법사이기에 아직 홀몸이다. 이미 50대에 접어들었지만 그 역시 결혼을 맹세해야 했다.

"컬리 경에게 내무대신의 직책을 하사한다. 이실리프 왕국 내부의 대소사를 관장하되 추호의 사욕이 개입되어서는 아니 될 것이다."

"충—! 지엄하신 국왕 폐하의 어명을 받자옵니다. 신! 컬리, 청렴하고 공정하게 공직을 수행할 것임을 맹세드리나이다."

"좋아! 그대를 믿겠노라."

현수는 데이오의 징벌로 또 한 번 예식을 치렀다. 다음은 로드젠이다.

"로드젠 경! 그대에겐 이실리프 왕국 초대 군부대신의 직책을 하사한다. 짐과 이 왕국의 검과 방패가 되어 영토를 수호토록 하라."

쿵—!

이는 이마 박는 소리이다.

"신, 로드젠! 존엄하신 국왕 폐하와 이실리프 왕국에 영세무공토록 충성할 것임을 엄숙히 맹세드리옵니다."

"이런, 힐!"

샤르릉—!

땅바닥에 이마를 박는 순서가 바뀌어 말을 마칠 때쯤 되자 선혈이 턱까지 흘러내렸다. 엘리디아와 라이사가 또 수고하였다.

손수건에 묻은 선혈의 양이 많아 그런지 하리먼이나 컬리의 것보다 조금 더 붉다.

"그대 역시 그것을 가문의 보배로 삼으라."

"충—! 폐하께서 하사하신 충성의 증표는 대대손손 저희 집안의 자랑이 될 것이옵니다. 또한 매일 아침 이를 보며 충성을 다짐토록 하겠나이다."

점점 더 말이 길어지고, 수사(修辭)가 붙는다.

하리먼과 컬리, 그리고 로드젠이 물러서서 현수 전면, 좌우에 시립하자 모두의 시선이 쏠린다.

다음번 호명자가 누구인가 싶은 것이다.

"다음, 라이사는 앞으로 나오라."

"네……? 저, 저요?"

"그래! 라이사, 앞으로 나오라."

"네, 폐하!"

라이사는 자신의 이름이 불릴 것을 전혀 예상 못해 몹시 놀란 듯한 표정을 지으며 현수 앞에 선다.

"라이사! 짐과 이실리프 왕국에 충성을 맹세하는가?"

"소, 소녀! 온 마음과 정성을 다해 지엄하신 국왕 폐하와 이실리프 왕국에 충성을 맹세하옵니다."

"좋아! 그대에게 곧 지어질 궁내 시녀장의 직책을 하사한다."

"네에……? 소, 소녀가 어찌 감히 그런 막중한 일을……?"

"하면, 못하겠다는 뜻인가?"

현수는 무릎 꿇고 있는 라이사를 굽어보았다. 그런데 못 볼 것이 보인다. 린넨[3]으로 만든 옷이 약간 큰지 두 개의 수밀도가 반 이상 보이는 것이다.

하여 급히 시선을 돌리려는데 라이사가 조금 더 앞으로 엎드린다. 덕분에 아래까지 훤히 다 보고 말았다.

'끄응, 고무줄부터 보급해야 하는 거야?'

현수가 이런 생각을 할 때 라이사의 입술이 열린다.

"아, 아니옵니다. 하, 하겠사옵니다. 한데 아무런 경험도

---

3) 린넨(Linen) : 아마의 섬유로 짠 직물, 아마포라고도 한다. 섬유의 길이가 15~100㎝ 정도인 아마의 목질 부분을 주로 이용한다. 열전도율이 크고 뻣뻣하기 때문에 입으면 시원하고 편하므로 여름철 옷감으로 인기가 높지만 쉽게 구겨지는 단점이 있다. 주로 식탁보, 냅킨, 행주, 손수건 등으로 사용된다.

없는 소녀에게 어찌 그런 큰일을 맡기시려는지……."

"그대는 능히 그 일을 해낼 만한 능력이 있어 맡긴다. 자, 허리를 세우라. 그대에게 직위를 내리겠다."

허리를 세우면 가슴이 보이지 않기에 한 말이다.

"아, 알겠사옵니다. 폐하! 소녀, 충심을 다해 정성껏 뫼시도록 하겠사옵니다."

"그래! 이실리프 왕국 초대 국왕인 나 하인스 멀린 킴이 그대 라이사에게 초대 시녀장의 직위를 내리노라."

라이사 역시 데이오의 징벌이 몸에 닿을 때마다 전율을 느끼는 듯 움찔거린다. 오리하르콘의 서늘함 때문이 아니다.

심리적 황홀감 때문이다.

이 광경을 지켜보고 있는 왈로드 지안 반 루이체는 라이사에게서 눈을 떼지 못하고 있다.

빼어난 미모를 지닌 라이사에게 한눈에 반한 것이다.

모든 예식이 끝나고 라이사가 물러나자 하리먼과 컬리, 그리고 로드젠은 정중히 맞이하며 자리를 비워준다.

아까까지만 해도 마음대로 부릴 수 있는 여인이었지만 이제부터는 아니기 때문이다.

"오늘 이실리프 왕국이 탄생하였다. 원래는 왕궁을 지어놓고 왕국 선포를 했어야 마땅하나 이 자리를 빌었다. 방금 보았듯이 이실리프 왕국은 아무것도 없이 시작하였다. 하나 나아갈수록 창대해질 것인즉 모두 노고를 아끼지 말라."

현수의 말이 끝나자 모두가 한마음이 되어 무릎을 꿇는다.

"충—! 국왕 폐하의 말씀에 따라 온 힘을 다해 왕국 건설에 앞장서겠나이다."

"나는 오늘 이 자리를 빌어 맹세한다. 짐은 국왕으로서 굶주림 없는 왕국을 만들 것이다. 또한 아픈 자는 고쳐줄 것이다. 너희 중 질병이 있는 자 앞으로 나서라."

현수의 말이 떨어지자 웅성거리는가 싶더니 우르르 몰려 나온다. 해적들 밑에서 노예처럼 살았다.

인권이라는 것은 아예 존재치도 않는 세월이었다. 먹는 건 시원치 않은데 매일매일 중노동을 해야 했다.

어찌 멀쩡한 신체를 유지할 수 있었겠는가!

오늘 이곳에 처음 온 이들을 뺀 나머지 중 90% 이상이 질병으로 고생하고 있기에 앞으로 나온다.

잠시 지켜보던 현수가 다시 입을 연다.

"자기 몸에 조그마한 이상이라도 있으면 나서라. 다시는 이런 자리를 마련하기 힘들 것이다."

현수의 말이 떨어지자 또 한 무리가 튀어나온다. 파이렛 군도에 있던 사람 중 97%쯤 된다.

심지어 내무내신 컬리와 군부대신 로드젠도 끼어 있다. 조금 망설이는가 싶더니 라이사 역시 대열에 끼어든다.

성한 사람이 드물었다는 뜻이다.

컬리는 비타민C 부족으로 인한 괴혈병(Scurvy)에 걸려 있었다. 하여 잇몸에서 피가 나고, 잇몸이 물러지면서 치아가 흔들거리는 증상을 겪고 있다.

로드젠은 심한 각기병을 앓고 있다. 팔다리에 신경염이 생겨 통증이 심했고. 퉁퉁 붓는 부종이 나타나는 상황이다.

더 진행되면 신경조직, 특히 팔과 다리의 신경이 약해지고 근육이 허약해지며, 심장병이나 경련이 나타나게 된다.

라이사의 경우는 빼어난 미모 때문에 여러 해적로부터 시달림을 당해 임질(Gonococcal infection)을 앓고 있다.

자궁경부[4]에 염증이 있고 소변을 볼 때마다 통증을 겪는다.

이들 셋이 이러하니 다른 이들은 어떠하겠는가!

하지만 세실리아를 따라온 사람들은 이미 아르센 대륙에 있는 동안 현수의 고침을 받았기에 아무도 나서지 않고 보고만 있다.

현수는 내심 측은한 마음이 들었으나 내색하지 않고 마나실린 음성을 뿜어낸다.

"증세 심한 자부터 앞에 서라."

말 떨어지기 무섭게 웅성거리는가 싶더니 대열이 변한다.

가장 앞에 선 자를 보니 다리가 썩어문드러진 듯하다.

---

4) 자궁경부(Cervix) : 자궁의 아래쪽 좁은 부분으로 질의 상부와 연결된 부분. 타원형 또는 원형의 모양을 하고 있으며, 질의 상측 전방을 통해 튀어나와 있다.

칭칭 감아놓은 더러운 헝겊은 고름과 선혈로 오염되어 있었던 것이다. 조금 전 엘리디아에 의한 물세례를 받았음에도 얼룩진 것은 보니 증상이 심하다.

그의 곁에는 한쪽 눈에 안대를 한 노인이 서 있다.

눈알이 빠지면서 곪았는지 뺨으로 누런 고름이 흘러나와 있다. 이 밖에 절름발이, 귀머거리, 맹인 등이 있다.

현수는 한쪽에 시립해 있던 물의 최상급 정령 엘리디아에게 시선을 주었다.

"엘리디아!"

"네, 마스터!"

"여기 있는 모든 이에게 치유의 은총을 베풀어라."

"네, 마스터!"

샤라라라라라랑―!

사전에 약속된 대로 엘리디아는 사람들 사이를 누비고 다니면서 일부러 소리를 낸다. 아무튼 엘리디아의 길다란 동체가 스치고 지나자 누런 고름이 흘러내리던 다리는 모든 상처가 아물어 버린다.

이 순간 현수는 아공간에 담겨 있던 멀린의 스태프를 꺼내 들었다. 마법이 가장 효율적으로 시전되도록 돕는 매개체이다.

현수는 두 팔을 벌려 들고는 나직이 읊조렸다.

"마나여, 모든 것을 원래대로 돌려다오. 매스 리커버리!"

샤르르르르릉―!

엘리디아는 상처를 치유시키는 능력은 있지만 잘못된 것을 원래대로 되돌리는 힘은 약하다. 그것을 채워주기 위해 마법을 구현시킨 것이다.

엘리디아가 스쳐 지나고 마나가 스며들자 사람들의 입에서 환호성이 터져 나오기 시작한다.

"우와! 보인다. 보여! 내가 보인다고⋯⋯."

"나, 날 봐! 이제 지팡이가 없어도 돼! 아아, 내 다리가 다 나았어. 만세, 만세!"

"허억! 세상에 어떻게 이런 일이⋯⋯! 이제 고름이 안 나와. 다 나았어, 내 아픈 팔이 다 나았어."

"이, 이보게. 내 등 좀 봐주게. 등창, 등창이 어떻게 되었나? 아직도 있어? 응? 아직도 있냐고."

여기저기서 경악성이 터져 나온다. 물론 모두가 제 병이 다 나았음을 떠드는 것이다.

곁에서 이들을 지켜보던 이들 역시 놀라움을 금치 못한다. 상당히 많은 사람이 한꺼번에 치유되는 기적의 현장을 보고 있었던 때문이다.

맹인은 눈을 떴고, 절름발이는 지팡이를 버렸다.

다 썩어가던 상처가 사라짐은 물론이고, 흉터는 원래의 피부로 되돌아가고 있다.

이건 한국의 사이비 목사들이 보여주는 짜고 치는 고스톱이 아니다. 목사 본인이 힘주어 밀면서 성령의 힘에 의해 쓰러진다고 사기 치는 것도 아니다.

모두가 환호성을 울릴 때 현수는 하리먼과 대화 중이다.

"총리! 식량은 어떠한가?"

현수의 말은 국왕다운 엄숙한 어투였다. 이에 하리먼은 즉각 고개를 조아리며 보고한다.

"아뢰옵기 황송하오나 시급히 곡식을 들여오지 않으면 조만간 굶을 수도 있사옵니다, 폐하!"

해적들은 약탈을 멈췄고, 짓던 농사라는 건 변변치 않다.

따라서 식량이 부족할 것이라 여겼다. 그런데 예상을 벗어나지 못하자 현수는 잠시 이맛살을 찌푸렸다.

"어느 정도 남아 있지?"

"각각의 섬마다 약간씩 사정이 다르나 코리아도의 경우는 앞으로 한 달가량 여유가 있을 뿐이옵니다."

"흐음! 한 달이라……."

현수가 잠깐 말꼬리를 흐리자 하리먼의 보고가 이어진다.

"시급히 배를 띄워 이곳에서 가장 가까운 쿠르스 왕국과 제라스 왕국, 그리고 아드리안 공, 아니, 왕국으로부터 식량을 구해 와야 하옵니다."

"하면, 왕복하는데 걸리는 시간은 어찌 되나?"

"두 나라 모두 가는데 10일, 오는 데는 12일 정도 걸리옵니다. 해류 때문에 오갈 때 시차가 있습지요."

"그래, 그럴 수도 있겠지. 계속하라."

"어디든 도착하여 그곳 상단과 협상하는 데 최소 2~3일은 걸릴 것이옵니다. 협상이 되어 곡식을 가져오는 데 걸리는 시간과 배에 싣는 시간을 계산해 보면 7~10일 정도 예상되옵니다."

하리먼의 말대로라면 최소 31, 최대 35일이다.

이 말 그대로라면 코리아도 전 주민은 1~5일을 굶는다는 소리이다.

물론 지금부터라도 곡식 배급량을 줄이면 가능하다.

그런데 현수는 섬을 떠나기 전 모두 배불리 먹을 수 있도록 하라고 지시하였다. 그렇기에 노예일 때 먹었던 양의 거의 세 배를 지급하고 있다.

"현재 코리아도의 총인원은 얼마나 되지?"

"해적이었던 노예까지 합치면 12만 5,618명이옵니다. 이 수는 오늘 입도한 2만 8,118명을 포함한 숫자입니다."

"흐음, 12만 5천이라……."

해적들이 강탈해 놓은 금은보화는 많다. 그리고 해적선도 많지만 나포해 온 상선도 상당히 많다.

이것들을 동원하면 쿠르스 왕국과 아드리안 왕국, 또는 제라스 왕국으로부터 곡물과 각종 생필품 등을 구입해 오는 것은 큰 문제가 없다.

예전 같으면 해적들을 걱정해야 할 바다지만 현재는 그들 전부가 노역에 매달리고 있기 때문이다.

딱 하나 염려가 되는 존재가 있다면 크라켄이다.

이에 비등한 해양 몬스터로 레비아탄과 씨 써펀트가 있다.

레비아탄은 딱딱한 비늘에 덮인 거대한 뱀의 모습으로, 등에는 방패와 같은 돌기가 일렬로 늘어서 있는 놈이다.

웬만한 도검으로는 어쩔 수 없는 존재이다.

씨 써펀트는 동양 전설에 등장하는 용처럼 생긴 거대한 바다뱀이다. 이놈 역시 도검으로는 상대하기 어렵다.

다행히도 이들 둘은 아리아니와 물의 정령왕 엘라임의 지시에 순응한다.

자신들이 감당해 낼 수 없음을 알기 때문이다.

그리고 건드리지 않으면 먼저 공격하지도 않는다. 그저 유유자적하게 자신들의 삶을 살아갈 뿐이다.

반면 크라켄은 막무가내이다. 아무런 자극을 가하지 않아도 먼저 공격한다. 오로지 자신의 본능에만 따른다.

이는 크라켄이 레이아탄이나 씨 써펀트에 비해 지능이 떨어지기 때문이다.

이들보다 한 등급 아래로 여겨지는 빅죠는 엘라임의 말을 더 잘 듣기에 아무런 문제될 게 없다.

해수 라니야 역시 마찬가지이다.

생각이 여기에 미친 현수는 하리먼에게 크라켄에 대한 것을 물으려다 멈췄다. 대륙의 마법사로 지내다가 해적들에게 잡혀서 살았다. 당연히 바다에 대해 모를 것이다.

다시 말해 물어봤자 '잘 모르겠사옵니다' 라는 대답만 있을 것이기에 묻지 않았다.

"지금 즉시 은퇴한 해적 중 바다에 대해 잘 아는 자들을 찾아 그중 다섯을 데리고 오게."

"네! 폐하! 곧 다녀오겠나이다."

정중히 허리 숙인 하리먼은 황급히 물러난다. 국왕의 명이 떨어졌으니 즉시 이행하기 위함이다.

멀어져 가는 하리먼의 등을 보고 있었는데 모든 사람이 무릎을 꿇고 머리를 조아리고 있는 모습이 눈에 들어온다.

이때 가장 앞에 있던 컬리와 시선이 마주쳤다.

"위대하시고, 또 존엄하신 국왕 폐하의 하해와 같은 은혜를 입어 소인들의 병든 몸이 나아졌사옵니다. 대대손손 폐하와 이실리프 왕국에 충성할 것임을 다시 한 번 맹세드리옵나이다."

컬리의 말이 떨어지자 일제히 큰 소리로 외친다.

"맹세하옵나이다."

"맹세하옵나이다."

두 번째로 복창한 건 곁에서 이 광경을 지켜본 28,000여 미판테 왕국인이다.

눈앞에 펼쳐진 기적을 보고 감복한 것이다.

"자손만대 내내 번성하고 강녕하시옵소서."

"국왕 폐하! 부디 번성하고 강녕하시옵소서!"

"죽는 그날까지 폐하께 충성하겠나이다."

"무엇이든 말씀만 하소서! 신명을 다 바쳐 폐하와 이실리프 왕국을 위하여 봉공5)하겠나이다."

"끄응……!"

문득 사극을 보는 기분이 든 현수는 나지막한 침음을 냈다. 하지만 어찌 한 마디 안 할 수 있겠는가!

"들어라!"

현수의 음성이 울려 퍼지자 모두의 시선이 쏠린다.

현재 현수의 시선을 받은 자들은 해적에게 잡혀와 이곳에 억류된 채 노예생활을 했던 마법사, 기사, 행정관, 상인 등이다.

하리먼과 컬리, 그리고 로드젠에 의해 노예들 가운데 추려진 인물들이다. 심사기준은 읽고, 쓸 수 있는지 여부였다.

다시 말해 일반 영지에서 농사를 짓거나 숲 속에서 사냥을 하던 일반인들과는 다른 인재들이다.

---

5) 봉공(奉公) : 나라나 사회를 위하여 힘써 일함.

이들을 추려낸 이유는 59개에 달하는 섬과 그에 딸린 부속도서[6]를 다스릴 인재가 필요했던 때문이다.

그렇다 하여 무조건 데려다 놓은 것은 아니다. 성정이 포악하거나, 현저히 사회성이 떨어지는 자들은 배제되었다.

옥이라 하더라도 쓸 만하지 않으면 사석[7] 처리한 것이다.

"너희는 우리 왕국의 동량이 될 인물들! 짐과 국가를 위해 헌신하라. 다만 본인의 안녕과 행복을 돌보지 않는 자는 엄히 벌할 것인즉 스스로를 돌보는 것이 우선임을 잊지 않도록 하라! 알겠는가?"

"와아아아아! 국왕 폐하 만세! 만세! 만세!"

"이실리프 왕국 만세! 만세! 만세!"

환호성이 울려 퍼지는 동안 많은 사람이 벅찬 희열을 느끼며 뜨거운 눈물을 흘렸다.

나라를 위해 모든 것을 희생하라는 국왕, 영지를 위해 가진 걸 다 내놓으라는 영주, 조금이라도 빌미가 있으면 가진 것을 빼앗으려던 관리들만 보아왔다.

그런데 본인부터 돌보라고 한다. 이런 국왕은 아르센 대륙 역사상 존재한 적이 없다.

모두들 훌륭한 군주를 만나 이제부터 복 많은 세상을 살게 되었다는 벅찬 기쁨에 겨워 눈물 흘리는 것이다.

---

6) 부속도서(附屬島嶼) : 딸려 있는 크고 작은 섬.
7) 사석(捨石) : 바둑에서, 버릴 셈 치고 작전상 놓은 돌.

이때 현수의 음성이 울려 퍼진다.

"오늘은 총리와 내무대신, 그리고 군부대신과 궁내 시녀장만을 임명했다. 너희에 대해 내가 아는 바 없어 그러하다. 짐은 이실리프 군도 전체를 기름진 옥토로 개간할 것이다. 땅에서는 농사를 지으며 가축을 기르게 될 것이다."

모두의 시선이 또 쏠려 있다. 그러거나 말거나 현수의 발언은 이어진다.

"수확된 곡물은 왕국 전체가 먹고도 남을 것이며, 가축은 신선한 육류가 되어 밥상에 오를 것이다. 해적들 중 일부는 어부가 되어 생선을 잡아올 것이며, 부지런한 아낙은 바닷가의 어패류만으로도 가족을 먹여 살릴 수 있을 것이다."

현수의 말이 이어지는 동안 모두 귀를 쫑긋 세우고 있다.

"이러려면 우리 왕국의 체계가 잡혀야 할 것이다. 너희가 안을 내놓고 그게 좋다 판단되면 과감히 시행될 것이다. 능력을 발휘해라. 그 능력을 인정받으면 너희 또한 컬리나 로드젠에 버금갈 지위를 얻을 수 있을 것이다."

"……!"

컬리와 로드젠은 국왕과 하리먼을 제외하곤 가장 높은 지위라 할 수 있다. 그런데 그에 버금갈 지위를 얻을 수 있다는 말에 모두의 눈빛이 반짝인다.

"아직 임명되지 않은 지위는 외무대신, 건설대신, 해양대

신, 교육대신, 보건대신, 법무대신, 농림대신 등이다. 이 밖에
도 빈자리가 많다. 능력 있는 자는 남녀노소를 가리지 않고
중히 쓸 것이니 나서주길 바란다."

현수가 방금 언급한 자리들은 아르센 대륙의 다른 국가의
백작급 이상이 차지하고 있는 자리이다.

그런데 아무런 구별 없이 그런 자리에 오를 수 있는 기회를
준다니 어찌 놀랍지 않겠는가!

"와아아아! 국왕 폐하 만세! 만세! 만세!"

"와와와와와와! 만세, 만세! 만세, 만세, 만세!"

한참 동안 환호성이 울려 퍼진다. 이 소리가 잦아들 때 선
두에 있던 내무대신 컬리가 묻는다.

"폐하! 아뢰옵기 황송하오나 소신 궁금한 점이 있사옵니다."

"말하라!"

"방금 전 59개의 섬을 개간하면 우리 모두 배불리 먹고도
남아 수출할 수 있을 것이라 하셨사옵니다."

"그래, 그렇게 말했지."

현수가 순순히 고개를 끄덕이자 컬리의 말이 이어진다.

"우리 왕국은 국경을 마주한 나라가 없습니다. 게다가 해
전 경험이 풍부한 해적 전부가 노예가 되었사옵니다."

"그래! 그도 그러하다."

"그렇다면 전쟁의 위험이 없는 태평성대가 이루어질 것으

로 사려되옵니다."

"아마도 그러할 것이다. 이실리프 마탑의 마탑주이자 그랜드 마스터인 내가 왕위에 머물고 있으니 덤벼들 나라가 없겠지."

아르센 대륙의 어떤 미친 나라가 감히 이실리프 왕국을 공격하겠는가!

먼저 마법사들이 전투 참여를 거부할 것이다. 위저드 로드는 모든 마법사 위에 군림하는 존재이기 때문이다.

기사들 또한 고개를 저을 것이다. 검의 길을 걷는 기사들에게 있어 그랜드 마스터는 제국의 황제보다도 더 찬란한 존재이기 때문이다.

이런 상태에서 병사들만 이끌고 공격할 수도 있을 것이다.

하지만 그들 전부는 이실리프 군도를 치기 위해 배를 오르기도 전에 전멸할 것이다. 다른 나라의 마법사와 기사들 전부가 달려들 것이기 때문이다.

따라서 이실리프 왕국은 지리적으로도 그러하지만 정치적으로도 세상에서 가장 안전한 국가가 될 것이다.

"네! 국왕 폐하의 말씀처럼 아국은 태평성대를 누리게 되는데 그렇게 되면 필연적으로 인구가 늘 것이옵니다."

2014년 현재 대한민국의 인구수는 49,039,986명이고, 면적은 9만 9,720㎢이다. 1㎢당 약 492명이 살고 있다.

이실리프 군도의 총면적은 2만 6,000㎢ 정도 된다. 산술적으로 같은 인구밀도라면 1,281만 8,000명이 살 수 있다.

그런데 현재의 인구수는 약 303만 명이다. 따라서 인구가 웬만큼 늘어나는 것은 크게 염려하지 않아도 된다.

어쨌거나 태평성대가 되면 인구가 늘어난다. 하리먼은 그 인원까지 가능하겠느냐는 뜻으로 물은 것이다.

이에 어찌 대답하지 않겠는가!

"짐에겐 다섯 명의 왕비가 있다."

"……!"

아르센 대륙엔 많은 국가가 있다.

카이엔 제국, 라이서 제국, 크로완 제국, 미판테 왕국, 테리안 왕국, 브론테 왕국, 아드리안 왕국, 쿠르스 왕국, 제라스 왕국, 샨크스 왕국 등이다.

이 나라들엔 한 가지 공통된 점이 있는데 그것은 지배계급이 가질 수 있는 부인의 수이다.

남작은 오로지 1명의 처만 가질 수 있다.

자작은 3명, 백작은 5명, 후작은 7명, 공작은 9명이다.

대공 이상은 이러한 제한이 없는데 국왕은 의무적으로 4명 이상의 왕비를 둬야 한다. 황제가 되면 최하가 7명이다. 제1황후부터 제7황후까지 거느려야 한다.

귀족은 물론이고 왕가와 황가에 이르기까지 이토록 많은 처를 둘 수 있게 허용하는 이유는 보다 나은 후손으로 하여금 가문을 잇게 하기 위함이다.

또한 아르센 대륙은 남녀의 성비가 심각한 불균형을 이루고 있기 때문이다.

잦은 전쟁과 몬스터의 습격 때문에 남자의 수가 여자보다 훨씬 적기에 일부다처제가 관습화된 것이다.

현수는 왕국을 선포했고 스스로 국왕위에 올랐다. 당연히 4명 이상의 왕비를 둬야 하는데 신하들로서는 이것도 몹시 신경 쓰이는 일이다.

국왕의 총애가 어느 방향이 되느냐에 따라 권력의 향방이 바뀌기 때문이다. 그래서 고위 귀족들은 서로 자신의 여식으로 하여금 왕비, 내지 황후가 되도록 온갖 술수를 부린다.

이 때문에 귀족들 간의 갈등의 골이 깊어지고, 때론 내전이 벌어지기도 한다.

어쨌거나 현수는 다섯 명의 왕비가 있다고 선언했다. 신하들 입장에선 골치 썩을 일 하나는 완벽하게 정리된 셈이다.

그런데 누군지 궁금하다는 눈빛을 빛낸다.

"제1왕후는 라이서 제국의 퍼거슨 에델만 드 로이어 공작의 영애 카이로시아이다. 참고로, 대륙 전체에 유통망을 가진 이레나 상단이 공작가에 속해 있다."

"……!"

왕이 되기도 전에 공작의 딸과 혼인한 사이라니 모두들

놀란 표정이다. 그러다가 현수의 신분을 되새기곤 고개를
끄덕인다.

이실리프 마탑의 탑주이자 그랜드 마스터이다.

공작의 쪽이 감지덕지해야 할 사위이다.

"제2왕후는 미판테 왕국의 데니스 로니안 드 테세린 공작
의 영애 로잘린이다. 테세린은 내 상단인 하인스 상단의 본점
이 있는 곳이다."

"와아아아아아아아!"

장인이 공작이라 한다. 왕국에 문제가 생겼을 때 라이서 제
국과 미판테 왕국에 연락하면 지원군이 온다는 뜻이다.

왕국의 국민으로서 든든한 우방이 있다는데 어찌 기쁘지
않겠는가! 하여 환호성을 지른다.

그러거나 말거나 현수의 발언은 이어지고 있다.

"제3왕후는 대지의 여신인 가이아 신전의 성녀 스테이시
아르웬이다."

"허억……!"

이번엔 모두들 놀란 표정이다. 성녀의 부군이 어떤 자리인
지 아는 사람들은 알기 때문이다.

대지의 여신을 모시는 라이서 제국엔 성녀에 버금가는 신
분이 딱 둘뿐이다. 하나는 황제이고, 다른 하나는 교황이다.

성녀가 결혼할 때 이들 둘은 성녀 쪽 증인이 된다.

성녀의 부군은 성군(聖君)이라 불린다.

성녀와 합방하면 추기경급 신성력을 쓸 수 있게 되고, 금슬이 좋을수록 더 진한 신성력을 갖는다.

성군은 성녀와 더불어 경배의 대상이며, 교황과 황제도 함부로 할 수 없는 존재이다.

라이서 제국의 전통은 성군에게 후작의 작위를 부여하고 평생의 안전을 보장하는 것이다. 게다가 반역만 아니면 어느 누구도 성군의 영지를 상대로 영지전조차 걸 수 없다.

이것보다 더 놀란 건 성녀의 남편이 되려면 여신의 점지가 있어야 한다. 둘이 맺어지는 것 여신의 뜻이라는 것이다.

성녀는 여신을 부를 때 '어머니' 라는 표현을 쓴다. 따라서 가이아 여신은 국왕의 장모님이시다.

가이아 여신을 장모로 둔 사람이 얼마나 있겠는가! 하여 모두가 턱이라도 빠진 듯 입을 딱 벌리고 있다.

그러거나 말거나 현수의 말은 계속된다.

"제4왕비는 미판테 왕국의 공작이자 7서클 마법사인 아르가니 에이런 판 포인테스의 공녀 케이트이다."

"우와! 미판테의 현자가 장인이시다."

"그러게! 진짜 대단하시다."

모두들 감탄사를 터뜨리지만 조금 전과 같지는 않다. 하긴 여신과 공작을 어찌 같은 선상에 놓고 보겠는가!

"마지막 제5왕비는 라수스 협곡의 지배자인 레드 드래곤 라이세뮤리안 옥타누스 카로길라아지바랄의 여식인 다프네이다."

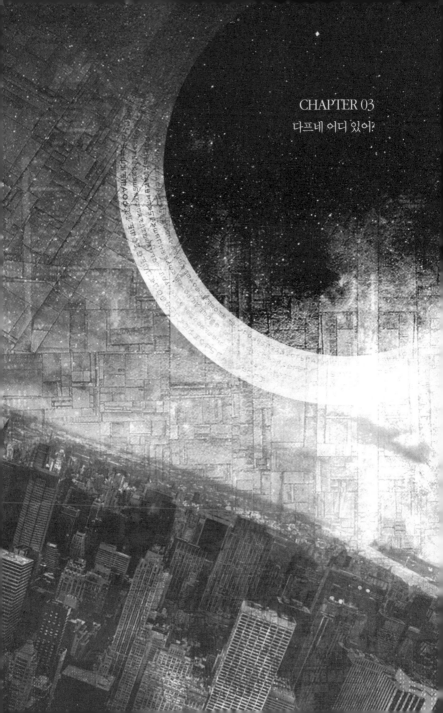

CHAPTER 03
다프네 어디 있어?

"헉……! 드, 드래곤의 딸……?"

"세, 세상에……! 드래곤이 장인이야."

"그러게! 말도 안 돼!"

모두들 눈알이 튀어나올 정도로 눈이 커진다. 인간을 사위로 맞이한 드래곤이 얼마나 있겠는가!

게다가 레드 드래곤 라이세뮤리안의 악명은 미판테 왕국은 물론이고, 전 대륙에 퍼져 있는 상태이다.

성질 흉포한 것으로 이름난 레드 드래곤의 딸을 왕비로 맞이했다는데 무슨 말을 더하겠는가!

하여 모두들 경악한 표정으로 현수를 바라볼 뿐이다.

인간 같지 않은 사람이다. 모든 마법사의 정점인 위저드 로드이면서, 세상 모든 기사의 수장인 그랜드 마스터이시다.

게다가 보우 마스터이고, 4대 정령을 수족처럼 부리는 정령신의 권위를 가졌다.

이러니 어찌 한낱 인간이라 하겠는가!

그런데 공작 셋이 장인이고, 여신은 장모이다. 마지막으로 레드 드래곤까지 장인이라고 한다.

하여 놀란 표정을 짓고 있을 때 결정타가 먹여진다.

"아! 깜박하고 말을 하지 않았는데 제4왕비 케이트는 마법사이다. 골드 드래곤 제니스케리안·인터누스 지노타루이마덴의 유일한 제자이기도 하다. 참고로 제니스케리안은 현재의 드래곤 로드와 쌍둥이다."

"끄으응……!"

털썩—!

누군가 앓는 소리를 내는가 싶더니 주저앉는다. 오금에서 힘이 쭉 빠지면서 정신이 아득해진 결과이다.

이를 시작으로 사람들이 연속적으로 쓰러진다.

털썩! 털썩—! 터털털털털썩—!

왕비로 모시게 될 이들 가운데 단 하나도 평범하지 않으니 어떻겠는가!

훗날에도 이들은 단체로 놀란다.

그것도 한두 번도 아니고 여러 번이다.

첫째는 왕비들을 처음 알현할 때이다. 인간이라 하기엔 너무도 아름답기에 모두가 놀란다.

왕궁이 다 지어진 날엔 가이아 여신으로부터 연유된 빛이 왕궁 전체를 감싸는 모습을 보고 놀란다. 그게 여신의 축복이라는 건 나중에 알려진다.

그날 라이세뮤리안은 육중한 본체로 돌아가 왕국 위를 맴돌면서 수호룡 선포를 한다.

중간계의 조율자, 위대한 존재, 마법의 조종 등의 수사로 불리는 드래곤을 본 사람이 얼마나 있겠는가!

다들 처음 보는 상황이었는데 그 동체가 너무 커서 입을 딱 벌린다. 그런데 그날 왕궁에는 많은 귀빈이 와 있다.

라이서 제국, 카이엔 제국, 그리고 크로완 제국의 황제들과 아드리안 왕국, 미판테 왕국, 테리안 왕국의 국왕들이 있다. 그리고 가이아 여신의 교황도 함께한다.

뿐만 아니라 대륙 7대 마탑의 마탑주와 부탑주 전원, 그리고 5서클 이상 마법사 전원이 참석한다.

하긴 위저드 로드이자 그랜드 마스터의 보금자리가 완성되었다는데 어찌 발걸음을 하지 않겠는가!

이들 이외에도 약 30개 나라에서 국왕과 공작, 후작들이 직접 온다. 이실리프 왕국과 안면을 터서 나쁠 게 하나도 없기 때문이다.

어쨌거나 이들 모두가 보는 자리에서 라이세뮤리안은 수호룡 선포에 이어 화염의 브레스를 선보인다.

브레스가 스치고 지난 바다 위에는 수많은 물고기가 삶아진 채 떠오른다. 이를 보고 어찌 놀라지 않을 수 있겠는가!

라이세뮤리안은 일부러 전력을 다한다. 자신이 어떤 존재인지를 알리는 자리도 되기 때문이다.

그다음 날, 이실리프 왕국민들은 또 놀란다.

드래곤 로드 옥시온케리안과 쌍둥이 동생인 제니스케리안이 함께 오기 때문이다. 당연히 다른 드래곤들도 따라온다. 블랙, 그린, 실버, 블루, 화이트 일족의 수장들이다.

골드와 레드가 빠진 이유는 옥시온케리안과 라이세뮤리안이 일족의 수장이기 때문이다.

이실리프 왕국민들은 이 밖에도 여러 번 놀랄 일을 겪게 된다. 하지만 그때만큼 크게 놀라긴 힘들 것이다.

*　　　*　　　*

"흐음! 숲이 너무 울창하군."

현수가 코리아도로부터 텔레포트해서 당도한 곳은 아드리

안 왕국과 미판테 왕국의 접경지인 틴포스 마을 외곽이다.

변경을 지키기 위한 기사와 병사, 그리고 마법사들이 주둔하는 성채가 보인다. 제법 규모가 크다.

하지만 다프네는 이곳엔 없을 것이다. 엄청나게 비싼 몸값을 치르고 사갔는데 고작 이곳에서 하급 마법사나 하급 기사들을 상대로 처분했을 리는 없기 때문이다.

그렇기에 현수는 성채를 바라보기만 했을 뿐 다가서지 않았다.

이곳에 오기 전 현수는 많은 것을 하리먼에게 일임하고 왔다. 실종된 다프네를 찾는 일이 시급한 때문이다.

물론 상당히 많은 지시사항을 남겼다.

이것들은 A4용지로 약 300페이지에 걸쳐 기록되었다.

이실리프 군도를 어떻게 개간하고, 어떻게 개발할 것인지에 대한 청사진이다.

가장 먼저 도로를 내고 지형에 적합한 농지를 개간토록 했다. 울창한 숲이 베어지지만 워낙 수림이 우거져 있는지라 그 정도로는 환경에 큰 영향을 주지는 않을 것이다.

다음은 주택 건설이다.

농지를 조성하면서 발생되는 목재를 이용하여 주택을 건설하는데 남는 목재와 부산물들은 따로 모아두도록 했다.

장차 펠릿 제조를 위한 재료가 될 것이기 때문이다.

주택은 2층으로 짓는데 아래층엔 주방과 화장실, 그리고 욕실과 창고가 자리한다. 위층은 침실과 거실이 들어간다.

당연히 상수도와 하수도 개념이 도입되어 있다. 모든 가구가 주방에서 물을 쓸 수 있으며, 목욕도 가능하도록 한다.

화장실은 수세식과 정화조 개념이 도입된 것이다. 냄새는 정화마법진으로 해결토록 했다.

위생이 무엇보다도 중요하기 때문이다.

이쯤만 해도 거의 주거혁명에 가까운 일일 것이다. 대소변을 아무 곳에나 버리는 곳이기 때문이다.

이실리프 군도는 지구로 치면 적도에 가까운 곳이므로 더운 물이 필요한 경우가 거의 없어 보일러는 없어도 된다.

각각의 집은 농지에서 너무 멀면 이동 시간만 소요되니 적당한 규모로 마을의 단위를 조절하라고 했다.

인터넷에서 찾은 각종 참고자료를 인쇄하여 주었으니 지시한 것에서 크게 벗어나는 일은 없을 듯하다.

하리먼은 현수를 대신하여 금은보화를 처분하고, 해적들로 하여금 배를 몰아 아드리안 왕국과 미판테 왕국, 그리고 제라스 왕국으로 가라는 명령을 내리게 될 것이다.

곡식과 생필품을 매입하여야 하기 때문이다.

청사진 이외에 남긴 것은 라면이다.

코리아도의 주민수는 12만 5,618명이다.

그런데 이곳 사람들은 하루에 두 끼를 먹는 것이 습관화되어 있다. 그리고 이들이 한 달 이상 먹을 수 있을 물량이 필요하다. 하여 전 인원이 아침에 한 개 저녁에 두 개씩 35일간 먹을 물량은 약 1,320만 봉지이다.

다행히 아공간엔 이보다 많은 라면이 있었다.

백두그룹 라면공장에서 가져온 1,400만 봉지와 백두마트 세 군데를 털 때 가져온 것이다. 그렇기에 1,320만 봉지를 꺼내주고도 약 80만 봉지가 남아 있다.

이 밖에 상당히 많은 밀가루와 소금, 설탕, 후추, 식초, 간장, 고추장, 된장, 양파, 감자, 당근, 파, 돼지고기, 쇠고기, 닭고기, 쌀, 보리, 콩, 팥, 귀리, 찹쌀, 고춧가루 등 온갖 식재료를 꺼내주었다.

이것들은 공간확장 마법과 보존마법이 걸린 세 개의 컨테이너에 보관되었다. 컨테이너 하나는 똑같은 것 여섯 개의 부피와 같으니 어마어마한 양이다.

이것들은 궁내 시녀장이 된 라이사가 관리하는데, 향후 왕국의 대소 연회에 쓰일 음식을 개발하고 만들어보라는 뜻에서 준 식재료들이다.

현수가 없는 동안 많은 음식이 만들어질 것이고 이것에 대한 품평은 하리먼과 컬리, 로드젠 등 주요 인사들에 의해 행해질 것이다.

현수는 식재료 이외에도 각종 레시피도 주었다.

메뉴는 한식과 양식 위주이다. 이곳에서도 된장찌개를 먹고 싶을 때가 있을 것 같아서이다.

"흐음! 여기서 가장 가까운 영주성은……?"

현수는 스트마르크 백작성에 있을 때 주었던 메모를 꺼내 읽었다.

"홀로렌 영지? 영주가 백작이라고?"

아드리안 왕국의 변경백 중 하나인데 성정이 무척 급하고, 다혈질이라 쉽게 화를 내지만 냉정할 땐 상당히 냉정하여 뱀처럼 차갑다는 평을 듣는다고 기록되어 있다.

소드 익스퍼트 상급이며, 휘하에 마법사 24명과 기사 120명, 병사 24,000명이 있다.

미판테 왕국의 변경백인 스트마르크 백작군 또한 강하기에 많은 군사가 집결되어 있다.

"일단 가보면 알겠지."

다프네가 팔려가면서 흔적을 남겼더라도 이미 시일이 많이 흐른 상태이다. 따라서 숲을 뒤지는 것은 무의미하기에 곧장 날아올랐다.

"플라이!"

현수는 하늘에 올라 방향을 잡고는 곧장 홀로렌 영지가 있는 곳으로 이동했다. 성채에서 그리 멀지 않은 곳에 영주성이

지어져 있다. 말이나 마차를 타고 이동하면 1시간이면 틴포스 마을이라 이름 붙인 성채에 도달할 거리이다.

아르센의 여느 성채와 다름없이 석재로 지어진 성은 겉보기에 우중충하다. 하지만 규모는 제법 크다.

테세린의 영주성보다 훨씬 크다.

"흐음! 영주의 별명이 콜드 스네이크라……. 세간의 평과 같은지 한번 볼까?"

현수는 C급 용병 차림으로 옷을 갈아입었다. 그런데 이런 차림으로 가면 매번 문제가 생겼다.

하여 마법사의 로브로 갈아입었다.

멀린이 남겨준 것 중 하나로 청결마법이 인챈트되어 있어 늘 깨끗함을 유지하는 것이다.

"스태프도 가져가야 그럴듯하겠지?"

아공간에 있던 것 중 쓸 만해 보이는 것을 꺼내 들었다.

대부분의 마법사는 타인과 말 섞는 것조차 싫어한다.

끊임없이 탐구해야 하는데 말 시키면 귀찮기 때문이다. 하여 늘 모자를 쓰고 다닌다.

그래서 현수 역시 얼굴이 보이지 않도록 모자를 썼다.

영주성으로 다가가니 위병이 들고 있던 할버드로 앞길을 막는다. 하지만 여느 때처럼 함부로 대하진 않는다.

로브를 걸쳤다 함은 마법사라는 뜻이다. 잘못 건드리면 작살남을 알기에 정중한 음성으로 묻는다.

"마법사님! 이곳은 홀로렌 백작님께서 계시는 영주성입니다. 본 성에 용무가 있어 오신 겁니까?"

"그러하다. 안에 전갈해 주겠는가?"

"…알겠습니다. 그러하시다면 어디서 오신 누구신지 신분을 알려주시겠습니까? 아울러 어느 분을 만나러 오셨는지도 알려주십시오."

마법사가 일개 병사를 만나러 왔을 리 만무하기에 병사의 어투는 정중했다.

"나는 이실리프 마탑에서 왔다. 그리고 내가 만나려는 사람은 이 성의 주인이다."

"네에……? 바, 방금 이, 이실리프 마탑이라 하, 하셨습니까? 맞아요?"

이실리프 마탑은 아드리안 왕국에 닥쳤던 삼국연합의 공격을 말끔하게 밀어낸 은인과도 같은 곳이다.

게다가 마탑주는 국왕과 동급이다. 그렇기에 병사의 말은 심하게 떨리고 있었다.

이실리프라는 이름에 압도당한 때문이다.

"그래! 이실리프 맞다. 가서 전하도록!"

현수는 부러 위압적인 어투로 대꾸했다. 이에 놀란 위병은 신분 확인 절차를 깜박한 듯하다.

"자, 잠깐만요. 진짜 잠깐만요."

다다다다다다—!

위병은 꽁지 빠진 수탉처럼 안쪽으로 달려간다. 여느 때와 마찬가지로 뒤쪽 초소에 가면 위병조장이 졸고 있을 것이다.

원칙은 그에게 먼저 보고하고 지시에 따라 안쪽에 전하여야 한다. 그런데 이실리프라는 네 글자가 혼을 빼버렸기에 이런 걸 모두 잊고 무작정 달려간 것이다.

졸지에 혼자 남겨진 현수는 안으로 들어가는 것도 그러하여 주변을 둘러보았다.

쿠울—! 쿠우울—! 드르렁! 드르르르렁—! 퓨우우!

초소 안쪽을 보니 벤치 같은 의자 위에 누워 잠든 기사가 보인다. 다리는 창턱에 걸쳐져 있다.

폼을 보니 자세가 딱 나온다. 상습적이라는 뜻이다.

이런 놈은 교육이 필요하다. 하여 안으로 들어갔다.

그런데 누가 보고 있는 걸 눈치라도 했는지 코골기를 멈춘다. 그리곤 눈도 뜨지 않은 채 고함을 질렀다.

"야! 밀튼. 물 좀 떠와."

밀튼은 조금 전에 안쪽으로 뛰어간 병사의 이름인 듯싶다. 당연히 아무런 반응도 없다. 그러자 또 소리친다.

"밀튼! 물 떠오라는 소리 안 들려? 나, 목말라."

눈도 뜨지 않고 소리만 지르더니 아무런 반응도 없자 벌떡 일어난다. 그리곤 냅다 고함을 지르려다 현수와 시선이 마주치자 짜증난다는 표정이다.

"뭐야? 넌! 뭐하는 놈인데 여기 들어와 있는 거야? 엉? 여기가 어딘 줄 알고 들어왔어? 썩 나가! 밀튼! 밀튼!"

밀튼이 밖에 있는 줄 알고 소리를 치지만 없는 사람이 어찌 대꾸하겠는가! 그런데 그 음성이 별로 듣기 좋지 않다.

"밀튼은 없네."

"뭐? 없네? 이, 자식이 지금 누구에게……. 야! 너 뭐하는 놈이야? 그리고 여기 왜 있어? 나가란 소리 못 들었어? 밀튼! 밀튼! 내 이놈의 자식을……!"

불러도 대꾸가 없자 기사는 벽에 기대놓은 검을 집어 든다. 그걸로 두들겨 패려는 모양이다.

"밀튼 없다니까."

"뭐야? 이건? 왜 내 말에 끼어들어? 뒈지고 싶어? 날 봐. 내가 누구로 보여? 엉? 어서 대답 못해?"

그러고 보니 술 냄새가 난다. 근무 전에 한잔하고 와서 여태 잠만 자다 갈증 때문에 깬 듯싶다.

"내 눈엔 근무태만인 기사로 보이는데 이래도 되나?"

"뭐? 근무태만? 이 자식이 지금 누굴 뭘로 보고. 야! 내가 근무태만 하는 거 본 적 있어? 엉?"

눈을 부라리며 대드는데 성깔 있어 보인다. 이런 사람들은 그 성깔로 자기보다 아랫사람들을 괴롭히곤 한다.

"근무시간에 잠을 잤으면 태만한 거 아닌가?"

"뭐? 너, 내가 자는 거 봤어? 봤냐구?"

"봤지. 조금 전에!"

"이, 이런… 씨브날탕이……."

벌떡 일어나더니 그래도 기사라는 듯 소리친다.

"너! 검 없어? 뽑아! 어서 뽑으란 말이야."

"보다시피 난 검이 없어. 그런데 방금 한 말은 우리 둘이 한바탕해 보자는 말이지?"

"뭐야? 이건! 오호라, 그러고 보니 로브를 걸쳤네. 그럼 마법사야? 흐음, 보아하니 이제 겨우 1서클인 것 같은데 그걸로 나하고 한번 해보자고?"

기사의 눈에도 현수는 스물다섯 살 애송이로 보이는 모양이다. 그 나이엔 진짜 천재가 아닌 이상 1서클이 고작이다.

그래서 그런지 호기충천이다.

"좋아. 넌 마법! 난, 검! 한판 붙어보자고. 근데 여긴 좁으니 밖으로 나와."

말을 마치곤 먼저 나가 버린다.

어이가 없었지만 어쩌겠는가! 현수는 아무도 없는 초소 안에 계속 있을 수도 없어 따라나섰다.

"어이! 애송이 마법사. 오늘 임자 한번 제대로 만난 거야.

나중에 아프다고 울기 없어. 알았어?"

스르르룽—!

말을 마치곤 검을 뽑아 든다. 그리곤 검끝을 까딱거리며 다시 입을 연다.

"해봐! 이 형이 아주 따끔한 맛을 보여줄 테니."

그야말로 점입가경이다.

감히 10서클 마스터이자 그랜드 마스터를 상대로 소드 익스퍼트 초급인 기사가 먼저 공격하라고 소리친다.

"나더러 먼저 공격하라고?"

"그럼 기사인 내가 먼저 하리? 하수가 먼저 공격하는 게 예의잖아. 어디서 1서클 따위가……! 잡소리 말고 덤벼!"

"허어! 나아 참……. 어이가 없네."

"뭐야? 어이가 없어? 니 눈엔 내가 어의로 보여? 덤벼, 인마! 이제 와서 꼬리 빼는 거야? 겁먹었어? 응? 그런 거야?"

살살 상대방의 부화를 돋워놓고 달려들면 그걸 빌미로 행패를 부리는 놈 같다. 당연히 적당한 교육이 필요하다.

"좋아! 먼저 공격하라니 그러지. 나중에 두말하지 없다."

"미친놈! 1서클 따위가 어디서 감히! 시끄럽게 주둥이 놀리지 말고 어서 시작이나 해. 그리고 반말로 지껄인 죄는 내가 아주 철저하게 교육해 주지."

이 영지는 미판테 왕국에서도 무력으로 이름나 있는 스트

마르크 영지와 접경하고 있다. 하여 마법 전력이 다른 곳에 비해 강한 편이다. 거의 전부 수도에 있는 영광의 마탑 소속이지만 일부는 아니다.

수도 멀린에 위치한 영광의 마탑엔 변화가 있었다.

모든 마법사의 로브에 스태프와 검이 교차하는 그림을 수놓은 것이 그것이다. 가슴 부위에 커다랗게 수를 놓아 멀리서도 한눈에 알아볼 수 있다.

이는 이실리프 마탑의 문양 중 일부이다. 스스로 이실리프 마탑의 아래임을 드러내려는 것이다.

이 문양이 수놓아진 로브를 걸친 마법사는 아무도 함부로 대하지 않는다. 심지어 고위 귀족들도 그러하다. 이는 아드리안 공국만의 현상이 아니다.

영광의 마탑 소속 마법사들은 아르센 대륙의 어느 나라로 가든 적절한 예우를 받는다. 홀대하거나 적대하면 자칫 이실리프 마탑을 건드리는 일이 될 수도 있기 때문이다.

그것은 곧장 그 국가의 멸망과 관련될 수도 있다. 그렇기에 가급적 마찰이 일지 않도록 알아서 기어주는 것이다.

어쨌든 현수가 위저드 로드인 것을 몰랐을 때에도 모든 국가의 국왕 또는 황제들도 예를 갖춰 맞이해야 했다.

그런데 마탑주일 뿐만 아니라 위저드 로드이고, 그랜드 마스터이기도 하다.

아드리안 왕국의 경우에 현수는 시조인 아드리안 멀린 반 나이젤의 하나밖에 없는 제자이다.

항렬로 따지면 현재의 국왕은 손자의 손자뻘도 안 된다.

하여 아무도 영광의 마탑 소속 마법사들을 건드리지 못하는 것이다.

어쨌거나 현수는 어서 공격하라는 기사의 도발적인 눈빛을 보고 피식 실소를 지었다.

"원하니 그렇게 하지. 그전에 나는 하인스라 한다. 너는……?"

"나? 나는 라이온 기사단 소속 기사 로스톤 팔머 드 홀로렌이다. 네놈을 혼내줄 이름이니 잘 기억하도록!"

"……!"

이제야 이해가 된다. 이곳은 홀로엔 영지이고, 이 녀석의 이름엔 홀로렌이란 세 글자가 들어 있다.

영주의 직계 자손 또는 방계라는 뜻이다.

아버지가 영주라면 근무시간에 잠 좀 자는 것 정도로는 처벌받지 않을 것이기에 이토록 뻔뻔스런 것이다.

하여 고개를 끄덕일 때 로스톤은 현수의 로브를 살핀다.

아무런 문양도 새겨져 있지 않은 평범한 것이다. 영광의 마탑 소속이 아니라면 자유 마법사라는 뜻이다.

마찰이 생겨도 지원해 줄 세력 없음이다.

"자아, 통성명까지 다 했으니 이제 시작하지. 하인스라 했나? 뭐해? 어서 공격하지 않고."

로스톤은 검을 고쳐 잡으며 비릿한 조소를 베어 문다. 너 정도는 얼마든지 요리할 수 있다는 자신감의 발로이다.

"좋아! 그럼 시작하지. 매직 미사일!"

현수의 말이 떨어지게 무섭게 마법 화살들이 나타나기 시작한다. 1서클 마법사인 경우엔 딱 하나만 만들어져야 하는데 그러지 않고 계속해서 형성되는 마법 화살을 본 로스톤은 뭔가 잘못되었다는 생각에 낯빛이 하얘진다.

"너, 너… 넌!"

"발사!"

"누구냐? 아앗! 아아아앗!"

로스톤은 전력을 다해 검을 휘둘렀다. 갑옷을 걸치곤 있지만 쇄도하는 화살들이 너무 빨랐던 때문이다.

그러면서 황급히 자리를 바꿨다. 하지만 현수가 발사시킨 건 유도 기능을 가진 매직미사일이다.

로스톤이 자리를 옮기자 곡선을 그리며 따라간다.

팅, 탱, 텅, 퉁, 픽, 퍼퍼픽! 티티팅! 태댕탱탱!

"으아……! 아아아아! 아앗! 아악! 큭! 컥! 헉! 컥!"

수십 개의 화살이 로스톤의 갑옷을 강타했다.

판금갑옷은 강력한 타격을 이기지 못하고 맞을 때마다 찌

그러진다. 머리, 어깨, 등, 가슴, 배, 팔, 다리 할 것 없이 전신 모든 곳이 찌그러진다.

조금 전 헬멧의 바이저를 내리지 않았다면 얼굴에도 두 개쯤 박혔을 것이다.

화살이 격중될 때마다 로스톤은 나직한 비명을 지른다. 갑옷이 충격 대부분을 흡수했음에도 고통이 느껴진 때문이다.

현수는 팔짱을 낀 채 원맨쇼하듯 이리저리 폴짝폴짝 뛰어다니는 로스톤을 바라보았다. 그러다 입술을 달싹인다. 이 정도로는 충분한 교육이 이루어지지 않았다 생각한 것이다.

"파이어 애로우!"

말 떨어지기 무섭게 200개에 달하는 불화살이 허공에 나타난다. 정신없이 매직 미사일을 피하던 로스톤도 이것을 본 듯하다. 이 순간에도 갑옷은 곳곳이 찌르러든다.

챙! 핑! 탱! 타탕! 채쟁챙!

"아앗! 아아악! 자, 잘못했습니다. 아악! 큭! 컥! 억!"

"발사!"

쐐에에에엑! 쒸아앙! 슈우우욱! 쎄에엥!

200개의 불화살이 쇄도하자 로스톤은 휘두르던 바스타드 소드를 내던지곤 곧장 줄행랑을 놓는다.

"으아아! 사람 살려! 사람 살려! 으아아아아!"

이 순간 로스톤의 뇌는 백짓장처럼 텅 비어 있다.

뭔가 아주 대단히 많이 잘못되었는데 그게 무엇인지조차 가늠이 안 되는 상태인 것이다.

정신없이 발을 놀리지만 인간이 어찌 화살보다 빠르겠는가! 게다가 10서클 마스터가 작정하고 날린 것들이다.

탱! 쾅! 태태태탱! 채채채채챙! 타타타타탕!

"악! 컥! 헉! 끅! 켁! 헥! 아악! 커컥! 으으윽!"

갑옷은 어느 한 곳 성한 곳이 없을 정로도 움푹움푹 찌르러졌다. 파이어 애로우에 격중당한 곳은 그을음까지 묻어 완전 엉망진창으로 보인다.

"으으으! 자, 잘못했습니다. 으으으으!"

격렬한 고통은 지났지만 그 뒤로 느껴지는 작렬감 또한 만만치 않다. 로스톤은 쓰러진 채 전신에서 느껴지는 격통에 신음만 토하며 엉금엉금 긴다.

기사로서의 당당함은 사라진 지 오래이다.

"로스톤! 자리에서 일어서라. 기사가 그래서 쓰겠어?"

"으으! 잘못했습니다. 마법사님! 제가 정말 잘못했습니다."

도저히 감당할 수 없을 땐 순순히 인정하는 것이 가늘고 길게 사는 데 도움이 된다는 교육을 받아왔다.

그렇기에 얼른 무릎을 꿇는다. 로스톤은 영주의 둘째 아들이다. 형은 소영주로서의 교육을 받는 중이고, 동생들은 형을 도와 이 영지의 행정을 맡으려 아카데미에 가 있다.

로스톤 역시 아카데미를 다녔지만 자퇴했다. 고리타분한 교육과 엄격한 규율을 견딜 수 없었던 것이다.

아무리 노력해도 아버지의 뒤를 이어 영주가 될 확률은 없다. 형은 같은 나이에 소드 익스퍼트 중급이었다.

아카데미를 차석으로 졸업했는데 이는 훗날을 위한 행정학을 부전공했기 때문이다. 게다가 일처리도 빈틈이 없어 아버지의 총애를 받는다.

동생들은 일찌감치 행정 쪽으로 방향을 틀어 착실히 준비하고 있지만 로스톤은 그럴 수 없다.

늦은 감도 있지만 성질이 급해 차분하게 앉아서 무언가를 한다는 게 성에 차지 않기 때문이다.

목표가 없으면 나태해지고, 희망까지 없어지면 제멋대로 굴게 된다. 현재의 로스톤이 그러하다.

"이제 일어나야지, 로스톤!"

"으으! 으으으! 잘못했습니다. 으으으!"

전신에서 느껴지는 고통에 겨워 입술을 깨물면서도 자신의 잘못을 순순히 인정하는 걸 보면 아주 못돼 먹은 놈은 아닌 듯싶다.

하여 한마디 더 하려는데 안쪽으로부터 후다닥 달려오는 무리가 보인다.

"……!"

"헉헉! 헉헉헉! 마법사님! 헉헉!"

"그래, 밀튼!"

"여, 영주님을 모시고 왔습니다. 헉헉헉!"

선두에 있던 밀튼이 차오르는 숨을 다스리기 위해 심호흡을 할 때 장년인 하나가 황급히 뛰어오더니 멈춘다.

편한 복장이긴 하나 귀족임이 분명하다.

"헉헉! 헉헉헉!"

잠시 호흡을 가다듬는 동안 장년인은 현수를 살펴본다.

그리곤 무언가를 떠올렸는지 즉시 한쪽 무릎을 꿇고 고개를 조아리며 소리친다.

"위대하신 이실리프 마탑의 마탑주이시며, 세상 모든 마법사의 정점이신 위저드 로드이시자, 모든 검사의 하늘이신 그랜드 마스터님을 알현하옵니다. 충─!"

사내의 말이 끝나자 엉거주춤 일어서려던 로스톤은 뒤로 벌렁 나자빠진다. 오금에서 힘이 빠지면서 균형을 잃은 탓이다.

와당탕─!

"헉! 세, 세상에……."

자기가 누구에게 덤비라고 했는지, 왜 힘 한번 못 써보고 엄청난 고통을 당했는지를 깨닫는 순간 로스톤은 바보가 되고 말았다. 아무런 생각도 없이 눈과 입을 딱 벌리고 있다.

침이 질질 흘러내리고 있음에도 이를 자각하지 못하고 멍한 표정으로 현수의 얼굴만 바라볼 뿐이다.

장년인에 이어 로스톤과 비슷하게 생긴 청년 또한 무릎을
꿇고 고개를 조아린다.

CHAPTER 04
노예 상인들의 수난

전능의팔찌
THE OMNIPOTENT
BRACELET

"소, 소인 해럴드 팔머 드 홀로렌이 감히 검의 하늘을 알현
하옵니다. 충—!"

정중히 군례를 올린 해럴드는 그랜드 마스터인 현수를 자
신의 하늘로 삼은 바 있다.

살아생전에 볼 수 있을 것이라곤 생각지 않았다. 너무도 위
대하여 신과 동급이라 여긴 탓이다.

그런데 직접 대면하게 되자 심장이 터질 듯 부푸는 느낌이
다. 심박수는 무한대로 늘어나고, 체온은 미친 듯이 올라가는
것 같다. 정신까지 아득해지는 느낌이었지만 해럴드는 특유

의 냉정을 찾으려 애쓰며 현수의 얼굴을 살핀다.

무엄하다는 것은 알지만 영원히 뇌리에 새기기 위함이다.

같은 순간, 속속들이 당도한 기사단장 및 마법사들의 요란한 수사가 여기저기서 터져 나온다.

마법사들은 국왕보다도 우선인 위저드 로드를 향해 극경(極敬)의 말을 토해놓는다.

기사들이라 하여 다를 것은 별로 없다. 전 대륙에 오로지 하나뿐인 그랜드 마스터이다. 어찌 평범히 영접하겠는가!

한바탕 인사가 끝나자 현수의 입술이 열린다.

"영주의 성명은 무엇인가?"

"소, 소인 룬드그렌 팔머 드 홀로렌이라 하옵니다. 작위는 백작입니다. 마스터!"

"좋아! 팔머 백작. 자네 아들인 것 같은데 로스톤을 내가 데려가 훈육해도 되겠는가?"

"네……? 아, 그, 그럼요!"

잠시 둘째 아들을 바라본 팔머 백작은 더 생각할 것도 없다는 듯 크게 고개를 끄덕인다.

같은 순간 로스톤의 얼굴을 창백해진다.

이 세상 어느 누구도 건드릴 수 없는 존재에게 함부로 대한 대가를 치르게 될 것이라 생각한 때문이다.

'으아! 나 이제 죽었다.'

털썩—!

다시 일어서려던 로스톤은 그 자리에 주저앉고 말았다. 여전히 멍한 표정이지만 낯빛은 창백하다. 겁에 질린 탓이다.

"나는 이곳에 사람을 찾으러 왔네."

"말씀만 하십시오. 즉각 찾아 대령하겠습니다."

이 영지에서 팔머 백작은 왕에 준하는 권력자이다. 따라서 그의 말처럼 명만 떨어지면 모든 기사와 병사들이 나서서 원하는 사람을 찾아올 수 있다.

그렇기에 자신 있는 표정이다.

"작년 연말쯤 미판테 왕국 스트마르크 영지에서 여자 노예를 매입한 자들이 있네."

"여자 노예요?"

"그래! 이름은 다프네. 나이는 23세이지. 내가 찾는 사람은 다프네이네. 200골드에 거래되었고, 파미르 산을 넘어 이곳으로 왔다고 들었네."

"네에? 200골드요?"

팔머 백작은 화들짝 놀라는 표정이다. 젊은 여자 노예는 상품이 30골드, 중품 20골드, 하품 10골드에 거래된다.

아르센 대륙 거의 모든 나라의 공통점이다.

그런데 상품의 7배에 가까운 가격에 거래되었다면 특상품 중에서도 최고인 듯싶다.

"저어, 실례지만 다프네라는 여노는 왜 찾으시는지요?"

마탑주가 한가하게 여자 노예나 찾으러 다니진 않을 것이기에 물은 것이다.

"내 아내가 될 여인이네. 그리고 라수스 협곡의 지배자 라이세뮤리안 옥타누스 카로길라아지바랄의 딸이기도 하지."

"네? 네에⋯⋯? 뭐라고요? 헉!"

팔머 백작의 두 눈알이 튀어나오려 한다. 너무도 놀라 더이상 클 수 없을 정도로 부릅뜬 때문이다.

마탑주의 아내는 아드리안 왕국의 왕비와 버금갈 위치이다.

이런 여인이 노예로 팔렸다는 것만으로도 놀라운데 무시무시한 레드 드래곤의 딸이라니 혼이라도 나간 모양이다.

이는 비단 팔머 백작만 그런 것이 아니다. 주위에 몰려 있던 모든 이의 뇌리가 텅 비어지는 상황이다.

"이곳으로 넘어온 것이 확실하다 하니 서둘러 찾아봐 주게."

"아, 알겠습니다. 해럴드! 모든 마법사와 기사들을 집합시켜 마탑주께서 말씀하신 고귀하신 분을 찾아오도록!"

"네, 알겠습니다. 라이온 기사단! 타이거 기사단! 모두 영주님의 말씀 들었지? 지금 즉시 병사들을 이끌고 산개하여 고귀하신 분을 찾아라."

"충! 명을 따르옵니다."

기사들 모두 벌떡 일어나 사방으로 튀어간다. 다음 순간 해럴드의 입술이 다시 열린다.

"마법병단 소속 마법사들은 들어라! 지금 즉시 노예 상인 및 노예 사냥꾼들을 잡아서 영주성 마당에 대령토록 하라."

"충─! 명을 받으옵니다."

절도 있게 고개 숙인 마법사들 또한 일제히 달려간다.

어떤 미친놈들이 하늘같은 로드의 부인이 되실 분을 감히 노예로 거래했다. 당연히 다 잡아들인 뒤 엄히 처벌해야 한다.

그냥 엄한 처벌이 아니다.

반쯤, 아니, 거의 죽을 정도로 강하게 다스려야 한다. 그렇기에 모두가 분노한 표정으로 달려간다.

움직이기를 극도로 싫어하는 마법사들이지만 도저히 분기를 이길 수 없었던 때문이다.

남은 건 여전히 낑낑대고 있는 로스톤과 팔머 백작뿐이다.

털썩─!

"마, 마스터께 감히 불경을 저질렀습니다. 소인의 목숨을 거두소서."

로스톤은 무릎 꿇고 고개 숙이고 있다. 두 주먹은 무릎 위에 있는데 앞에는 자신의 목을 쳐달라는 뜻으로 바스타드 소드를 얌전히 내려놓고 있다.

"……!"

"마, 마스터! 이놈이 혹시 하늘같은 마스터께 무례를 저지르기라도 해, 했습니까?"

팔머 백작은 천방지축인 로스톤이 현수에게 무슨 짓을 했는지 모르기에 조심스런 표정이다.

국왕조차 예를 갖춰 맞아들여야 하는 헥사곤 오브 이실리프의 주인이시다. 따라서 아드리안 왕국의 모든 귀족 또한 극고의 예의를 갖춰야 한다.

현수는 피식 웃어주었다.

"로스톤이 몸이 근질근질하다 하여 잠깐 놀았네. 몇 년 데리고 있다 보내줄 터이니 너무 걱정하지 않아도 되네."

"아……! 그렇습니까?"

백작의 얼굴이 환히 펴진다. 잘하면 작은아들이 마스터의 제자가 될 수도 있다 생각한 것이다.

현수가 예정에도 없던 로스톤을 이실리프 왕국으로 데려가려는 이유는 에드워드 코린 반 호마린 자작의 아들 스미든과 함께 굴리려는 의도이다.

혼자보다는 둘이 굴러야 더 잘 견딜 수 있다. 서로를 의지할 것이기 때문이다.

이 과정에서 전우애 비슷한 것이 샘솟을 수도 있다.

둘의 우정이 돈독해지면 더욱 좋다. 미판테 왕국과 아드리안 왕국 사이의 가교가 될 수도 있기 때문이다.

당분간 죽을 고생이야 하겠지만 이실리프 왕국에서 수업

받고 왔다는 것만으로도 외국 유학 가서 박사학위 따온 것만큼 융숭한 대접을 받을 것이다.

따라서 스미든과 로스톤이 나이 들면 두 나라의 제법 높은 자리를 차지할 확률이 매우 높다.

어쨌거나 팔머 백작은 현수가 작은아들을 데려간다는 말에 고무되었다. 가문의 영광이기 때문이다.

"마스터! 누추하지만 제 성으로 가시지요."

"허험! 그러지."

"로스톤! 어서 일어나 마스터를 호종[8]하지 못할까?"

"네? 아, 네에. 으윽!"

부친의 명에 따라 벌떡 일어서려던 로스톤은 전신에서 느껴지는 통증에 이맛살을 찌푸린다. 이때 현수의 입술이 달싹인다.

"바디 리프레쉬!"

샤르르릉ㅡ!

"……?"

천천히 몸을 움직이려던 로스톤은 갑자기 모든 통증이 사라지자 눈을 크게 뜬다. 그러다 현수와 시선이 마주치자 얼른 고개 숙인다.

"마스터의 하해와 같은 은혜에 감사드립니다."

---

8) 호종(護從) : 보호하며 따라감. 또는 그런 사람.

어찌 된 영문인지를 깨달은 것이다.

"가자!"

"네!"

부친의 명이 떨어지자 로스톤은 앞장서서 걸어가며 땅바닥에 떨궈져 있는 돌이나 지푸라기 같은 것들을 걷어낸다.

영주성 내부인지라 다른 곳처럼 오물이 널려 있거나 하지는 않았지만 그리 깨끗한 것도 아니다.

사람의 분뇨는 없지만 말들이 쏟아낸 변들은 여기저기 보인다. 보아하니 말똥을 말려 연료로 쓰는 듯하다.

"뫼시기에 너무 누추하여 죄송합니다."

영주성 안으로 들어가니 조금 낫기는 하나 무(武)를 숭상하는 자답게 모든 게 투박하다. 장식품이라고 걸어놓은 건 방패혹은 검, 창 따위이다.

"흐음, 조금 삭막하군."

"죄송합니다. 제가 다른 덴 신경 쓸 겨를이 없어서……."

팔며 백작이 말끝을 흐리며 문고리를 잡아당기자 접견실 풍경이 드러난다. 급하게 청소는 시킨 모양인데 이곳 역시 삭막하긴 마찬가지이다. 소파 비슷한 게 보이는데 몹시 투박하다.

나무로 만든 벤치에는 지푸라기를 넣어 만든 쿠션이 올려져 있다. 오래 사용하여 보나마나 딱딱할 것이다.

앉아 보니 과연 그러하다. 지푸라기를 씌운 천은 더럽고

낡았다. 냄새도 났지만 백작 체면이 있어 현수는 입술만 달싹였다.

"워싱! 클린! 에어 퓨리 파잉!"

아르센 대륙은 다 좋은 냄새가 참 고약한 곳이다.

이곳 사람들이야 날 때부터 그런 걸 보아왔으니 적응되어 있지만 현수는 아니다. 지구에선 모든 것이 정갈하다. 악취 풍기는 물체는 보기가 힘들 정도이다.

그렇기에 이처럼 차원 이동 이후 얼마 동안은 냄새 때문에 이맛살을 찌푸리는 경우가 많다.

어쨌거나 자리에 앉자 차라고 뭔가를 내온다. 약간의 향기를 가진 꽃잎을 뜨거운 물에 담가놓은 것 정도이다.

후루룩—!

"흐음……!"

'이 싱겁고 무미한 것은 대체 뭐란 말인가?' 라는 생각이 저절로 떠오를 정도로 밍밍한 맛이다.

"아공간 오픈!"

현수는 아공간에서 헤이즐넛 커피를 꺼냈다. 생수도 꺼냈고 커피잔도 꺼냈다.

"히팅!"

쪼르르르륵—!

두 개의 커피잔에 물이 채워지면서 향긋한 냄새를 풍긴다.

팔머 백작은 눈을 크게 뜬다. 지금껏 경험해 보지 못한 달콤한 냄새가 신경을 자극한 것이다.

"마시게!"

"네? 아, 네에. 감사히 먹겠습니다."

현수가 밀어준 커피잔을 조심스레 집어 든 백작은 슬그머니 냄새를 맡아본다. 그리곤 한 모금을 삼킨다.

"……!"

달콤한 건 냄새뿐만이 아니었다. 입안 가득히 느껴지는 단맛에 또 한 번 눈을 크게 뜬다. 그리곤 조심스레 남은 커피들을 즐겼다. 이내 잔이 비었고, 또 먹고 싶다는 표정을 지었지만 모르는 척했다.

"이곳에도 노예 상인이 있다고?"

"네? 아, 네에. 그렇습니다. 노예 매매를 하는 시장이 간헐적으로 개장됩니다."

"어떤 자들이 노예가 되는가?"

"전쟁포로 및 빚을 지고 갚지 않은 자, 부모가 팔아치운 아이들 등이 노예가 됩니다."

"부모가 자식을 판다고?"

현수의 시선을 받은 팔머 백작은 고개를 끄덕인다.

"과한 세금으로 먹을 것이 없을 경우에 가끔 그런 일이 빚어집니다."

무슨 소리인지 훤히 짐작되는 말이다.

"영주들이 세금을 너무 많이 걷는 모양이군."

현수의 어투가 차가워졌다는 느낌에 팔머 백작은 즉시 허리를 꺾는다.

"죄송합니다. 얼마 전까지 삼국연합군의 공격이 우려되어 군비를 증강시키느라 일시적으로 세율을 올렸습니다."

"지금은……?"

아드리안 왕국은 모든 겁난으로부터 벗어난 상태이다. 물론 이실리프 마탑주인 현수 때문이다.

"저희 영지는 이전보다 세율을 낮췄습니다. 그간 영지민들이 많이 고생을 했으니까요."

팔머 백작은 자칫 현수의 분노라도 살까 두려운지 얼른 음성을 낮춘다. 알아서 기겠다는 뜻이다. 이러는데 더 뭐라 하는 것은 멋쩍은 일이다. 하여 화제를 돌렸다.

"…나는 노예 제도가 가급적이면 사라지길 바라네."

"알겠습니다. 제 영지에서 모든 노예 매매를 금지시키도록 하겠습니다."

"앞으로도 계속 그러하길 바라네."

"물론입니다."

팔머 백작은 계속해서 현수의 눈치를 살피며 뜻을 거스르지 않을 것임을 이야기한다. 그렇게 잠시의 시간이 흘렀다.

쿵, 쿵—!

문 두드리는 소리에 이어 누군가의 보고가 이어진다.

"영주님! 노예상 전원 압송했음을 보고드립니다."

원칙은 안에 들어와 보고해야 한다.

그런데 안에는 영주조차 하늘로 여기는 마탑주가 계시다. 그렇기에 들어오지도 못하고 밖에서 보고하는 것이다.

"백작! 나는 이곳에 있겠네. 스트마르크 영지의 해밀턴 무리로부터 다프네를 노예로 산 게 누구인지. 지금 어디에 있는지 가급적 빨리 알고 싶네."

"충! 명대로 하겠습니다. 잠시만 기다려주십시오."

정중히 고개 숙인 팔머 백작은 서둘러 밖으로 나가며 휘하 기사 및 병사들에게 고문도구를 준비시킨다.

인권법이라는 것이 없는 곳이기에 고문을 가해 최대한 빨리 마탑주가 원하는 결과를 얻어내기 위함이다.

잠시 후, 영주성 앞뜰에선 요란한 비명 소리가 터져 나오기 시작한다.

팔머 백작이 모습을 드러냈을 때 가장 먼저 항의한 것은 이 영지 최대 노예 상인 헤센 남작이다.

노예를 사고팔면서 번 돈으로 작위까지 샀다. 따라서 귀족에 대한 적절한 예우가 있어야 하는데 그런 거 없이 다른 노예상이나 노예 사냥꾼들과 똑같이 제압 후 압송당했다.

상대가 마법사들인지라 변변한 저항조차 못했다. 설마 귀족인 자신까지 잡아들일 것이라곤 상상을 못한 때문이다.

"영주님! 어떻게 이럴 수가 있습니까? 저를 모르십니까? 저, 헤센 남작입니다. 공국법, 아니, 왕국법에 의하면 귀족은……."

헤센 남작의 말은 중간에 잘렸다. 팔머 백작의 냉랭한 명령이 떨어진 때문이다.

"저놈을 당장 두들겨라. 무엇을 묻든 순순히 대답할 때까지 아주 흠씬 두들겨라."

"네! 영주님!"

퍽, 퍼억! 퍼퍽! 퍼퍼퍼퍽!

"아악! 악! 커억! 케엑! 끄아악!"

한국에서 흔히 쓰는 말로 '젠장'이라는 것이 있다.

요즘엔 제 뜻에 맞지 않고 불만스러울 때 혼자 욕으로 하는 말로 사용되곤 한다.

이것의 어원을 찾아보면 젠장은 '제기 난장'의 준말이다.

'제기'는 형사고발을 한다는 뜻이 있다. 따라서 '제기랄'은 '형사고발을 할'이라는 뜻이다.

또한, '난장(亂杖)'은 조선 시대 형벌로써 주장당문(朱杖撞問)이라고도 하던 것이다.

죄수 또는 취조대상자를 형틀에 묶어놓고 여러 형리(刑吏)가 매를 들고 신체의 각 부위를 일제히 구타하는 것이다.

지금이 그러하다. 헤센 남작은 여섯 명의 병사에게 둘러싸인 채 그야말로 무차별적인 구타를 당하고 있다.

병사들의 손에는 작지 않은 몽둥이들이 들려 있다.

한국으로 치면 박달나무쯤 되는 것으로 아주 단단하여 목검을 제작할 때 사용되는 것이다.

헤센 남작은 자지러질 듯한 비명 소리를 내며 몸부림쳤지만 소용이 없다.

조금 전, 형틀용 의자에 앉혔을 때 제 딴엔 귀족이랍시고 의연한 척하는 동안 아주 단단히 결박된 때문이다.

헤센 남작의 머리, 어깨, 등, 가슴, 허벅지, 어깻죽지, 장딴지 등에 작렬하는 몽둥이엔 매서움이 배어 있다.

한낱 노예 상인이었던 놈이 돈 좀 벌었다고 거들먹거리더니 어느 날 갑자기 돈 주고 작위를 사서 귀족이 되었다.

그날 이후 얼마나 잘난 척을 하는지 눈꼴 시려 볼 수가 없었다. 게다가 귀족이랍시고 큰 잘못도 없는 평민들을 잡아다 두들겨 패는 등 포악을 떨었다.

평민들에게 이러했으니 본인이 거래하는 노예에겐 어떻게 했겠는가!

이가 대여섯 개쯤 부러져 나가는 구타는 평범한 일이다.

노예 거래는 이문이 많기에 한둘쯤 죽어도 그만이라며 수시로 멍석말이 비슷한 것을 가하기도 했다.

그리곤 두들겨 맞은 노예들이 죽어가는 것을 보면서 음식과 술을 즐겼으니 일종의 변태이다.

뿐만이 아니다. 여자 노예 중 눈에 뜨인 것들은 특별한 사정이 없는 한 거의 모두 그의 밤시중을 들어야 했다.

하룻밤에 하나가 아니라 둘, 셋을 한꺼번에 안곤 했는데 아침이면 여인들은 모두 반쯤 맞이 간 상태가 되어 있었다.

헤센 남작은 채찍과 몽둥이, 가시, 칼, 촛불 등으로 여인들을 괴롭혀야 기분이 좋아지는 지독한 사디스트[9]였던 때문이다.

소문이 번졌지만 어느 누구도 그를 제지할 수 없었다.

휘하에 그를 따르는 불량배가 많았고, 노예 사냥꾼들도 상당수였기 때문이다.

게다가 귀족이라 잘못 건드리면 귀족 모독죄로 처벌받아 노예로 전락하는 수가 있기 때문이기도 하다.

어쨌거나 꼴도 보기 싫었는데 제대로 걸렸다.

하여 그간의 묵은 감정을 합법적으로 풀어내는 중이다.

당연히 병사들의 손속엔 인정이 배어 있지 않다. '너도 한번 당해봐'라는 감정이 잔뜩 실려 있었다.

휙! 퍼억! 휘익! 빡! 휙! 퍽! 휘익! 퍼억!

---

9) 사디스트(Sadist) : 가학성애자. 남에게 상처를 입히거나, 남이 고통스러워하는 모습을 보며 성적 흥분을 느끼는 사람.

"케엑! 커억! 사, 사람 살려! 끄악! 악! 아파! 크윽! 너무 아파! 아악! 사, 살려주십시오. 아악!"

헤셴 남작은 한 번도 경험해 보지 못한 매질에 실신 일보직전까지 몰렸다. 하지만 병사들의 매타작은 끊이지 않았다.

그러는 동안 다른 곳에서도 이와 똑같은 일이 진행되는 중이다. 헤셴 남작 아래에 있으면서 온갖 못된 일을 가행하던 졸개들 전부이다. 이 밖에 헤셴 남작과 거래하던 노예 사냥꾼들도 전원 생포되어 와 고문당하는 중이다.

귀족인 헤셴의 비호가 있었기에 아주 안전하다 생각하여 마음 놓고 있다가 잡혀온 것이다.

휘익! 퍼억!

"큭! 끄응……!"

어느 순간 헤셴의 고개가 힘없이 꺾인다. 견뎌낼 수 없는 고통에 혼절한 것이다.

무심한 눈으로 바라보고 있던 팔머 백작이 입을 연다.

"찬물을 끼얹어라."

"네, 영주님!"

촤아악—!

"끄으응……!"

아직 추운 계절이다. 그런데 뼛속까지 얼어버릴 냉수 세례를 받았다. 헤셴 남작은 혼절의 나락으로부터 올라와 정신을 차린다. 머리를 흔들어 뚝뚝 떨어지는 물을 떨구려는데 팔머 백작의 음성이 있었다.

"다시 시작하라."

"네에, 영주님!"

휙! 픽! 휘익! 퍼퍽! 휙휙! 퍼퍼퍽!

"케엑! 아아! 사, 살려주십시오, 백작님! 아악! 크윽!"

헤센은 피투성이가 된 얼굴로 팔머 백작을 바라본다. 하나 백작의 시선은 다른 데 있다. 헤센 백작 뒤쪽 형틀의자이다.

"거기……! 너무 약하다. 더 세게 쳐라. 죽지만 않으면 된 다. 눈알이 터져도 되고, 온몸의 뼈가 부러져도 괜찮다. 다른 자들도 마찬가지이다. 입만 살려 놔라."

"네! 명대로 하겠습니다. 더 세게 쳐라."

휘익! 파악! 휙! 퍼억! 휙! 빠각! 휙! 퍼퍽!

"악! 윽! 켁! 끅! 컥! 케엑! 끄윽! 커컥! 으아악!"

영주성 앞뜰은 순식간에 비명 소리로 그득하다.

얻어 터져 흘러내린 피가 형틀 의자를 흥건하게 적셔도 몽 둥이는 멈출 줄 올랐다.

그렇게 5분여의 시간이 더 흘렀다.

"그만!"

"……!"

백작의 명이 떨어지자 병사들은 일제히 물러나 뒤쪽에 선다. 하지만 그 거리는 짧다. 언제든 명만 떨어지면 뒤통수를 갈길 수 있는 거리이다.

모두 정렬하자 백작은 잡혀온 자들을 일견하고는 입을 연다.

"지금 본성에 이실리프 마탑의 위대하신 마탑주께서 왕림하여 계신다."

"……!"

팔머 백작의 말이 떨어지자 형틀에 묶인 헤센 남작을 비롯한 모두가 놀라 고개를 든다.

이실리프 마탑주는 국왕과 동격이다. 모든 국민의 생사여탈권을 가진 지고무상한 존재이다.

그런 사람이 와 있다는 걸 이 자리에서 밝힘은 현수가 이 일에 관련이 있다는 것이다. 따라서 지금부터 하는 말에 따라 자신들의 목숨이 오간다는 것을 직감했다.

"너희 중 누군가 지난해 연말에 미판테 왕국 스트마르크 영지의 해밀턴이라는 노예상과 거래한 자가 있다."

"……!"

백작의 말이 잠시 멈추는 동안 몇몇이 움찔거린다.

지난해 연말 노예상 해밀턴과 관련된 자들 모두 깜짝 놀랄 만한 거래가 있었다는 걸 알기 때문일 것이다.

"그때 200골드에 거래된 여인이 있다."

몇몇이 그럼 그렇지 하는 표정이다. 여자 노예치고는 너무 비싼 거래였다. 200골드에 사서 1,600골드에 넘겼으니 1,400골드라는 어마어마한 이문이 남는 거래였다.

팔머 백작은 잠시 말을 끊고 헤센 남작을 비롯한 그의 휘하와 노예 사냥꾼들을 노려본다.

"그분의 성명은 다프네이시다. 장차 마탑주의 부인이 되실 분이시다."

"헉……!"

누군가의 입에서 경악성이 터져 나온다. 마탑주의 부인이라면 아드리안 왕국의 왕비에 버금갈 위치이다.

그런데 그런 사람을 어떤 노예 사냥꾼이 잡아서 팔아넘겼다. 모르고 한 일이지만 삼대가 멸족당하고도 남을 일이다.

하여 모두가 놀란 표정을 지을 때 백작의 말이 이어진다.

"아울러 그분은 라수스 협곡의 지배자이시자 위대한 존재이시며, 중간계의 조율자이고 마법의 조종이신 라이세뮤리안 님의 딸이라 한다."

"허억……!"

라수스 협곡의 지배자는 성정 흉포한 레드 드래곤이다.

인간 알기를 개미만도 못한 존재로 여기는 그런 존재의 딸을 잡아다 팔아먹었다.

이건 구족을 멸하는 정도로 다스려질 일이 아니다.

자칫 미판테 왕국과 아드리안 왕국이 아르센 대륙의 지도에서 지워질 수도 있는 일이다.

그렇기에 노예상과 관련된 자들뿐만 아니라 기사와 병사, 그리고 마법사들까지 모두 화들짝 놀라며 물러선다.

"분노하신 마탑주께서 친히 왕림해 계신다. 따라서 진실만을 토로해야 할 것이다. 나는 이 일을 완수하기 위해 어떠한 수단이라도 동원할 것이다. 너희가 순순히 협조하지 않으면 너희는 물론이고, 너희의 일가붙이 전부를 죽일 수 있음을 경고한다."

팔머 백작의 싸늘한 시선을 받은 헤센 남작 등은 저항할 의지를 완전히 잃은 표정이 되었다.

고통은 당했지만 풀려나기만 하면 중앙에 선을 대어 같은 귀족을 정당한 이유 없이 핍박한 팔머 백작을 징치할 것이라 다짐하고 있었다.

그런데 마탑주와 드래곤이 관련되어 있다. 중앙 아니라 중앙의 할애비라도 감히 손댈 수 없는 일이다.

그렇기에 협조하지 않으면 죽는다는 걸 깨달았다.

이때 팔머 백작이 다시 입을 연다.

"불어라! 누가 이 거래에 관련되어 있는지를……! 아울러."

팔머 백작이 말을 이으려던 순간 헤센 남작이 먼저 입을 연다.

"제, 제가 했습니다. 제가 그분을 거래했습니다. 용서하여

주십시오."

"……!"

"지난해 연말 스트마르크 영지의 해밀턴 무리로부터 기가 막힌 물건을, 아니, 엄청나게 어여쁜 여인, 아니, 마탑주님의 부인 되실 분을 팔겠다는……."

혜센 백작은 필사적으로 날짜와 시간, 그리고 이 일과 관련된 사람들을 언급하기 시작했다.

한 마디라도 거짓말을 하면 지옥보다 더한 것을 경험할 수 있음을 알기 때문에 진실만을 말했다.

"그래서 지금 그분은 어디에 계시느냐? 설마 손을 댄 건 아니겠지?"

"아, 아닙니다. 그분께 손을 대다니요. 그런 일 절대 없습니다. 너무도 아름답고 고결하셔서 감히 그런 생각조차 품지 못했습니다. 백작님!"

혜센 남작의 말은 사실이다.

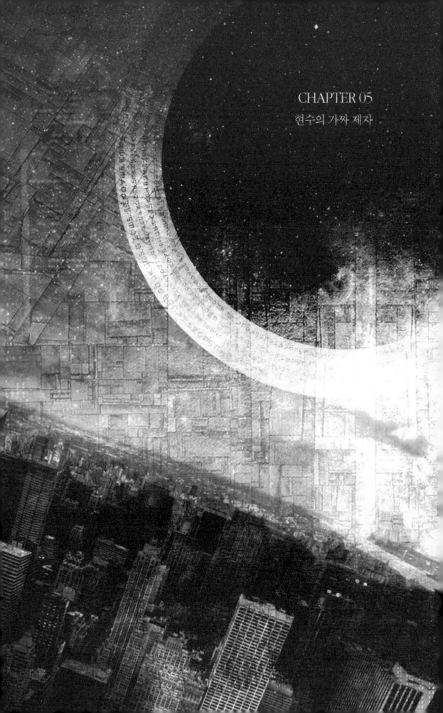

CHAPTER 05
현수의 가짜 제자

200골드에 다프네를 샀을 때 그녀는 다소 꾀죄죄한 모습이었다. 스트마르크 영지로부터 이곳까지 오는 동안 자루 속에 담겨왔기 때문이다.

제대로 씻지도 못하고, 먹지도 못한 상태인데다 잠도 제대로 자지 못했다.

게다가 정신적 충격을 잔뜩 받아 겁먹고 있었다.

함께 거래된 다른 여인들이 해밀턴 무리에 의해 수없이 능욕되는 것을 본 때문이다.

대놓고 말은 안 했지만 다프네는 현수에게 연정을 품었다.

혼돈의 숲을 안내하는 동안 저절로 생겨난 마음이다.

내기에서 졌으니 언젠가 다시 만나게 되면 품고 있던 연심을 고백할 생각이었다.

그런데 노예상들에게 몸을 버리게 되면 곁에 있을 자격조차 잃는 것이라 생각했기에 겁먹은 것이다.

태어나고 얼마 지나지 않아 언니들만 있는 마을로 보내져 살아왔기에 배운 건 없지만 순결이 무언지는 어렴풋이나마 알기 때문이다.

어쨌거나 헤센과 해밀턴의 거래는 오래되었다.

그간 신용이 있었기에 이어진 거래이다. 하여 눈이 번쩍 뜨일 만큼 기가 막힌 미녀라 하여 거금을 주고 구입은 했다.

거래 후 시녀들로 하여금 다프네를 목욕시켰고, 좋은 옷으로 갈아입혔다. 그날 헤센은 '세상에 이런 미녀도 있나?' 하는 표정을 지었다. 해밀턴의 말이 사실이었던 것이다.

어느 정도 예뻤다면 본인이 첩으로 거두었을 것이다. 이미 열두 명의 첩이 있으니 하나쯤 늘리는 건 문제되지 않는다.

그런데 그럴 수가 없었다. 다프네는 한낱 남작의 첩이 될 미모가 아니었던 것이다. 하여 많은 돈을 들여 가다듬었다.

좋은 의복을 입혔고, 좋은 음식을 먹였으며, 예의범절과 학문을 가르치기까지 하였다.

이 과정에서 약 20골드가 소모되었다.

그래도 아깝지 않았다. 다프네는 보는 것만으로도 기분 좋아지는 존재였던 때문이다. 그렇게 한 달이 넘도록 베풀기만 하자 다프네는 경계하는 마음을 줄였다.

그래서 가끔은 아름다운 미소를 지어 보였다.

헤센은 그런 그녀를 볼 때마다 치미는 욕정을 억누르는 고통을 겪었다. 하지만 견뎌낼 수 있었다.

현재는 가장 낮은 작위인 남작이지만 다프네를 바쳐 중앙의 높은 사람의 마음에 들면 단숨에 자작 또는, 백작으로 승작될 수 있음을 알기 때문이다.

다프네는 다듬어지지 않은 다이아몬드 원석이었다. 치장하면 할수록 아름다워졌고, 학문적 성취는 나날이 깊어졌다.

교양이 쌓이면서 우아함과 고결함이 배어 나오기 시작하였다.

어느 정도가 되자 헤센 남작은 다프네를 데리고 멀린으로 향했다. 가장 비싼 값에 팔 수 있는 찬스라 생각한 것이다.

수도에 당도한 헤센 남작은 사람들을 풀어 소문을 퍼뜨렸다. 지상 최고의 미녀가 멀린에 왔음을 알린 것이다.

예상대로 고위 귀족가로부터 연통이 왔다. 지상 최고의 미녀를 데리고 오라는 내용이다. 하지만 헤센 남작은 움직이지 않았다. 아주 비싼 값에 팔려면 상대의 몸이 달아야 하기 때문이다. 하여 기막힌 미녀라는 소문만 퍼뜨렸다. 그러자 초청장이 쇄도하기 시작했다.

초청장이 수북하게 쌓일 때쯤 헤센은 모든 공작가와 후작가, 백작가에 경매일을 고지했다.

너무 많은 분이 찾으시는데 일일이 응대할 수 없음을 양해해 달라는 정중한 표현이 곁들어진 통지문을 보낸 것이다.

그 아래엔 경매 일시와 장소, 그리고 경매 시작가가 기록되어 있다. 대금은 당연히 현장 지불 조건임도 밝혔다.

아드리안 왕국 역사상 가장 비싼 여자 노예가 될 것이라는 풍문이 나돌자 소식을 들은 거의 모든 고위 귀족가에서 사람들이 몰려들었다. 그리고 치열한 호가 경쟁이 벌어졌다.

다프네의 미모가 모든 이의 인정을 받은 것이다. 결국 낙찰되었다. 최종가는 1,600골드이다.

상품 여자 노예 하나의 가격이 30골드인 것과 비교해 보면 얼마나 무지막지한 가격인지 충분히 이해가 된다.

"좋아! 다프네님을 낙찰받은 이는 누구인가?"

경매에 참가했던 사람의 최하 작위가 백작이라 하니 팔머 백작은 '놈'이라든가 '자'라는 표현을 쓰지 못한다.

"모릅니다."

"뭐야……? 모른다는 게 말이 돼?"

"정말 모릅니다. 복면을 써서 얼굴을 볼 수 없었습니다."

"그럼 낙찰가를 받은 전표는 어떤 것이었는가?"

상단 간의 거래에 무거운 금화나 은화를 매번 들고 다닐 수는 없다. 하여 그들끼리만 유통되는 전표라는 것이 있다.

일종의 자기앞수표 내지 어음이다.

그것엔 지불 보증한 금액과 더불어 발행일, 발행 장소, 발행인, 그리고 수취인의 성명까지 기록된다.

이것은 상인들뿐만 아니라 귀족들 사이에서도 유통되고 있다. 일반 서민과 달리 거래 단위가 크기에 매번 무거운 금화나 은화를 들고 다닐 수 없어서이다.

언제부터인가 아르센 대륙에서도 전표에 이서하는 관습이 생겼다. 지구에서와 같이 사기꾼들이 있었던 때문이다.

이서(裏書)란 어음이나 증권 등의 뒷면에 증권에 드러난 모든 권리를 누구에게 양도한다는 뜻의 글과 함께 서명하는 것이다.

따라서 받은 전표의 뒷면을 보면 최초 발행자부터 시작하여 마지막으로 건넨 사람까지 기록되어 있다.

팔머 백작은 이것을 지적한 것이다.

"그게… 낙찰가를 전표로 받은 게 아니라 전액 금화로 지급 받았습니다. 그래서……."

"그럼 현금으로 1,600골드를 들고 다녔다는 말이냐?"

1,600골드라면 10골드짜리 160개 또는 100골드짜리 16개이다. 하나당 무게가 상당해서 들고 다니기엔 무겁다.

헤센 남작은 고개를 끄덕이며 대답한다.

"네! 아공간 주머니를 사용하더군요."

"끄응!"

팔머 백작은 나직한 신음을 토했다. 이 대목에선 할 말이 없었던 것이다. 하지만 가만히 있을 수는 없다.

"그럼, 그자의 얼굴을 못 보았으나 신체적 특징이라든지 체형 이런 건 기억하느냐?"

"네, 그자는 왼손 약지가 비정상적으로 짧았습니다."

"약지가 짧아?"

"네! 새끼손가락과 거의 같았습니다. 그 외에 특징은 다소 뚱뚱하다는 것입니다. 신장은 180㎝ 정도인데 체중은 적제 잡아도 120㎏은 족히 나갈 정도입니다."

"그 밖의 것은…?"

"온통 검은색 옷이었습니다. 마법사의 로브 비슷한 그런 건데 그러고 보니 한 번도 못 본 복식입니다. 제 생각엔 흑마법사의 로브가 아닌가 생각합니다."

"흑마법사라고……?"

"아뇨! 꼭 흑마법사가 아니라 그럴 것 같다는 것입니다."

"흐음! 그래? 그럼, 또 다른 특징은?"

"네, 그자는……."

헤센 남작의 말은 이어졌다. 간간이 자신이 기억하지 못하거나 헷갈려 하는 부분은 부하들에게 물어 확인까지 시켰다.

이실리프 마탑주가 개입되어 있기에 조금도 속이지 않고 있는 그대로를 까발렸다.

이렇듯 자신의 치부가 될 수 있는 부분까지 말한 이유는 괘씸죄까지 얹어지면 감당하지 못할 것 같아서이다.

헤센 남작의 부하들 역시 가감 없는 답변을 했다.

조금이라도 숨기는 구석이 있었다간 신의 분노와 버금갈 무시무시한 처벌이 있을 것이기 때문이다.

"좋아! 대답 잘 들었다. 나는 이 길로 마탑주께 갈 것이다. 너희에 대한 처분은 그분께서 직접 결정하실 것이다. 그때까지 여기서 대기하라!"

"……!"

헤센 남작을 비롯한 노예상 관련자들 모두 고개를 떨군다. 자신의 목숨은 일찌감치 포기했다.

하늘같은 마탑주의 부인 되실 분을 노예로 팔아넘겼는데 어찌 살기를 바라겠는가!

다만 마탑주의 분노가 가족에까지 미치기 않기만을 바랄 뿐이다. 삼족 내지 구족을 멸하라는 명이 두려운 것이다.

현수에게 돌아간 팔머 백작은 무척이나 송구스럽다는 표정으로 보고했다.

"……!"

결과적으로 보면 아무런 성과도 없는 셈이다. 현수는 무표정한 얼굴로 팔머 백작을 바라본다.

"면목이 없습니다. 그리고 제 영지에서 이런 일이 있어 정말 죄송합니다, 마탑주님!"

"헤셴 남작은 단승 준남작으로 작위를 강등한다. 그가 가진 재산의 9할은 이 영지의 재정에 편입시키도록!"

"네? 아! 네에."

헤셴 남작은 작위를 돈 주고 살 정도로 부유한 노예상이다. 그가 가진 재산의 9할은 이 영지의 1년 예산보다도 많다. 그런 걸 가지라니 의아한 표정이다.

"그가 헌납한 재물은 모두 영지민을 위해 쓰게. 헤셴은 그걸 집행하는 행정관으로 근무토록 하고."

"……!"

팔머 백작은 멍한 표정으로 바라본다. 영지민들 거의 전부가 몇 번이나 호의호식할 거금이기 때문이다.

"그 일이 끝나면 다시 평민으로 강등한다. 그리고 헤셴의 부하들과 노예 사냥꾼들은 10년간 노역형에 처한다. 농노에 준하는 대접을 하게."

"알겠습니다."

"향후 이 영지에선 노예 매매가 없어야 할 것이네."

"무, 물론입니다."

"좋아! 수고했네."

현수의 치사에 팔머 백작은 황송하다는 표정이다.

"가, 감사합니다. 그리고 죄송합니다."

"됐네! 그나저나 자네 아들 로스톤을 부르게."

"네! 지금 즉시 부르도록 하겠습니다."

팔머 백작의 허리가 직각으로 꺾인다.

현수는 로스톤에게 당분간 떠나 있을 것이니 개인 소지품을 챙기라 하였다. 명이 떨어지자 찍소리 않고 자신의 것들을 챙겨왔다.

현수는 팔머 백작에게 몇 가지 지시를 내렸다. 영지다운 영지가 될 수 있도록 조언한 것이다.

그리곤 로스톤과 함께 수도 멀린으로 텔레포트했다.

*   *   *

"여, 여긴 어딥니까?"

"헥사곤 오브 이실리프이네. 남자는 출입금지인 곳이니 너는 저곳에 가서 내가 보냈다 이야기하고 대기하도록."

"아! 네에, 알겠습니다."

로스톤은 헥사곤 오브 이실리프 입구에 지어져 있는 여러 건물 가운데 현수가 지적한 곳으로 갔다. 헥사곤 오브 이실리프가 제대로 유지되도록 지원해 주는 곳이다.

"누구냐? 발걸음을 멈춰라! 이곳은 헥사곤 오브 이실리프이다. 신분을 밝혀라."

"나는 홀로렌 영지의 라이온 기사단 소속 기사 로스톤 팔머 드 홀로렌이라 합니다."

로스톤은 귀족의 자제이지만 상대는 헥사곤 오브 이실리프의 경비기사이다. 결코 평범하지 않을 것이기에 정중히 고개까지 숙여주었다.

"홀로렌? 아! 그럼 팔머 백작님의 자제이십니까?"

"그렇습니다."

로스톤이 고개를 끄덕이자 경비기사는 창을 거두곤 반갑다는 듯 웃음 띤 얼굴이 된다.

"반갑습니다. 나는 피친트 아델 드 팔리안입니다."

"아! 그럼, 팔리안 백작님의……?"

"네! 저도 차남입니다. 이웃 영지인데 처음 뵙는군요."

경비기사 피친트의 말처럼 홀로렌 영지와 팔리안 영지는 이웃해 있다.

둘 사이의 교류가 없었던 이유는 커다란 산이 영지와 영지 사이에 위치해 있기 때문이다. 게다가 몬스터가 우글거리는 곳인지라 왕래하기 힘들어 처음 만난 것이다.

"대단하십니다. 헥사곤의 경비기사라니요."

"하하! 어쩌다 보니 이렇게 되었습니다."

헥사곤 오브 이실리프 경비기사단은 왕실기사단과 늘 비교되던 자리이다.

현수가 출현하기 전까진 왕실기사단보다 한 수 아래로 평가되곤 했다. 하지만 지금은 아니다.

마탑주의 출현 이후 경비기사단의 위상은 급상승했다.

그랜드 마스터인 마탑주로부터 한 번이라도 조언을 얻으면 무위가 수직 상승할 것이라는 소문이 나온 이후의 일이다.

하여 왕실기사단 소속 기사들의 전임신청이 쇄도하였다.

하지만 국왕은 이를 윤허하지 않았다. 그간 왕실기사단을 알게 모르게 홀대하던 것에 대한 보답 차원이다.

그리고 헥사곤 오브 이실리프 경비기사단에게 추호의 과오도 없기 때문에 명분이 없어서이기도 하다.

전에는 소드 익스퍼트가 아니어도 입단이 가능했으나 지금은 새롭게 헥사곤 오브 이실리프의 경비기사단에 들어가려면 최소한 소드 익스퍼트 중급은 되어야 한다.

아울러 심지가 굳고, 충성심이 남달라야 한다. 뿐만 아니라 검에 대한 재능도 있어야 하고, 의지력도 강해야 한다.

이곳에서 근무하다 일선에서 물러나면 대부분 국경수비대 지휘관으로 영전되어 가게 되기 때문이다.

한국으로 치면 여단장급이다.

참고로, 여단은 2,000~4,000명의 인원으로 구성되며, 지휘관인 여단장은 대령 혹은 준장이다.

피친트는 로스톤을 보며 웃음 짓는다. 승자의 여유 있는 웃음과 비슷하다. 이곳에서 10년간 근무하면 여단장급이 되니 어찌 마음이 편치 않겠는가!

"그래, 무슨 일로 오신 겁니까?"

이웃 영지 영주의 작은아들이라니 예우해 주는 모습이다.

"아! 마탑주께서 저더러 이곳에 가서 대기하라 명을 내리셔서……."

로스톤의 말은 중간에 잘렸다. 피친트가 대경실색하며 반문한 때문이다.

"마, 마탑주께서 오셨습니까?"

"네, 방금 전 저와 함께 텔레포트하여 당도하셨습니다."

"헉! 가, 같이요?"

피친트가 몹시 놀란 표정을 짓자 로스톤은 짓궂은 장난기가 발동된다.

"네, 제가 수행하고 왔지요."

"그, 그래요? 그, 그럼 이쪽으로……."

마탑주를 수행하여 왔다면 일행이라는 뜻이다.

당연히 귀빈 대접이다. 그렇기에 조금 전까지만 해도 여유만만하던 피친트가 허둥지둥거린다.

잠시 후, 로스톤은 경비기사 단원들에게 둘러싸여 현수에 관한 이야기를 하고 있다.

100개가 넘는 매직 미사일과 200개가 넘는 파이어 애로우로 친히 자신을 수련시켜 줬다는 뻥을 치는 중이다.

"그때 마탑주께서 제게 말씀하셨습니다. 로스톤! 인간의 동체시력은 무한하다. 정신을 집중하여 잘 살피면 순차적으로 쇄도하게 될 파이어 애로우를 모두 막아내거나 피할 수 있다. 집중과 노력! 이 두 가지를 잊지 마라!"

"정말 마탑주께서 그리 말씀하셨습니까?"

로스톤에게 묻는 이는 헥사곤 오브 이실리프의 경비기사단장 파드린 헤곤 판 라디우 백작이다.

그럼에도 로스톤에게 경어를 쓴다. 마탑주로부터 직접 사사한 제자인 것으로 오인한 때문이다.

반문한 이유는 마탑주의 말 한 마디 한 마디는 금과옥조인지라 다시 한 번 들어 마음에 새기려는 의도이다.

"그럼요. 그러면서 말씀하셨지요. 동체시력은 수련만 하면 얼마든지 나아진다고 말씀하셨습니다."

로스톤의 뻥에 모두의 고개가 끄덕여진다. 마탑주가 그랬다고 하면 그런 것이기 때문이다.

모두가 자신의 뻥에 속아 넘어가자 로스톤은 말을 잇는다.

"그리고 나서 마탑주께서는 이렇게 말씀하셨습니다. 자,

이제 피해 보아라! 파이어 애로우!"

모두들 뒷 상황이 궁금하다는 듯 침을 삼킨다. 그러거나 말 거나 로스톤의 뻥은 이어진다.

"그러자 엄청나게 많은 불화살이 허공에서 돋아나는데 그 때 그걸 보고 진짜 겁먹었지요."

"왜요?"

누군가의 물음에 로스톤은 시선을 한번 주고는 입을 연다.

"그건 단순한 불화살이 아니었습니다. 하나하나의 크기가 거의 굵은 창이었으니까요."

"창이요……?"

"네! 엄청 굵고 긴데다가 맞아보니 아주 살벌하게 뜨거웠 거든요."

"…그거에 맞았는데도 부상을 입지 않았습니까?"

"입었지요. 그때 저는 풀아머 상태였습니다. 바이저까지 내렸기에 망정이지 안 그랬다면 어휴……!"

"어휴요? 왜요?"

궁금함을 참지 못한 누군가의 물음에 로스톤은 생각만으 로도 끔찍하다는 표정을 짓는다.

"나중에 보니까 아머가 거의 걸레가 되어 있었습니다. 어 찌나 강렬했는지 다 찌그러져서 벗는 게 힘들 정도였지요."

"아……!"

누군가 파이어 애로우가 갑옷에 격중되면서 움푹 찌그러지는 장면을 상상한 듯싶다. 이때 로스톤이 소매를 걷는다.

"보십시오. 이게 그 흔적입니다."

모두의 시선이 쏠린 곳엔 시퍼렇게 멍든 자국이 있었다.

"으으, 많이 아팠겠네요."

"아이구 그럼요! 그때는 그대로 죽는 줄 알았습니다. 하지만 금방 괜찮아졌습니다."

"금방 괜찮아져요? 어떻게요? 전신이 다 이랬다면 며칠은 끙끙 앓아누워야 정상 아닌가요?"

"마탑주님이 누구십니까? 이 세상 모든 마법사의 정점이신 위저드 로드이십니다. 제가 고통에 겨운 신음을 내자 이렇게 말씀하셨습니다."

로스톤이 잠시 말을 끊자 모두들 어서 말을 이으라는 표정으로 시선을 집중시킨다.

"바디 라프레쉬! 너는 이제 괜찮을 것이다. 나의 로스톤아! 많이 아팠느냐?"

꿀꺽―!

누군가 침 삼키는 소리를 낸다.

"그 순간 온몸이 시원해지더군요. 그리고 모든 고통이 사라졌습니다."

"아! 과연……."

"역시! 마탑주님이시군요."

모두가 고개를 끄덕일 때 누군가 로스톤에게 묻는다.

"근데 그걸로 끝입니까? 혹시 검을 뽑아 무언가를 가르쳐 주지 않으셨습니까? 마탑주님은 그랜드 마스터이기도 하시잖습니까."

"…그랬죠. 제가 자리에서 일어나자 마탑주께서 이렇게 말씀하셨습니다. 로스톤! 이제부턴 검법 수련이다. 네가 가진 모든 재간을 부려봐라."

"그, 그래서요?"

기사들의 눈빛이 조금 더 강렬해진다. 위대한 그랜드 마스터로부터 검법을 사사하고 싶다는 열망이 너무 강해서이다.

"저는 그동안 수련했던 가문의 검법을 모두 동원하여 휘둘렀습니다. 그런데 마탑주께서는 너무도 쉽게 저의 검을 막아 내셨습니다."

"당연한 겁니다. 괜히 그랜드 마스터겠습니까?"

경비단장 파드린 헤곤 판 라디우 백작의 말이었다.

고위귀족이지만 로스톤에게 높임말을 쓴다. 로스톤을 현수의 제자로 인식한 때문이다.

이를 눈치채지 못한 로스톤은 자리에서 일어나더니 검을 꺼내 이렇게 했다는 듯 휘두른다.

"이렇게 했는데 순식간에 반격을 하시면서, 네 어깻죽지를 찌를 테니 막아보라 하셨습니다."

"그, 그래서요?"

저도 모르게 반문한 경비단장은 몹시 궁금하다는 표정이다. 마치 장난감을 앞에 둔 어린아이 같다.

"근데 그걸 막을 수 없었습니다."

"오러 블레이드 때문입니까?"

"…아닙니다. 마스터께서는 그런 거 없이 순수한 검법으로만 저를 제압하셨습니다. 그때……."

로스톤은 점점 더 심한 거짓말쟁이가 되어 갔다. 기사들이 묻는 말에 조금씩만 살을 붙이면 이야기가 되기에 그렇다.

이야기가 진행됨에 따라 로스톤은 현수가 직접 거두고, 키우는 제자로 인식되어 갔다.

대략 2시간에 걸친 뻥의 결과는 최고급 객실로 이어졌다.

헥사곤 오브 이실리프 외곽엔 마탑주와 동행한 다른 마법사들을 위한 숙소가 지어져 있다. 물론 시설이 좋다.

로스톤은 이 중 가장 좋은 방을 배정받았다. 두 명의 시녀가 배정된 이 방으로 진귀한 요리들이 줄줄이 들어갔다.

술도 당연히 곁들여졌다. 시녀들은 마탑주의 제자라는 로스톤의 환심을 사려 경쟁적으로 애교를 부렸다. 로스톤의 아내가 되면 그야말로 팔자 고치는 일이 되기 때문이다.

현수의 가짜 제자가 된 로스톤은 미녀들의 애교에 녹아나는 중이다. 하지만 덮치거나 할 수는 없다.

현수의 제자라 하였기에 주어진 호사이다.

엄밀히 말하자면 본인은 현수에게 처벌받기 위해 끌려온 상태이다. 그렇기에 함부로 누릴 수 없는 것이다.

같은 순간, 현수 역시 여러 여인에게 둘러싸여 있다.

이곳은 현수의 집무실로 준비된 '세상의 중심'이란 이름 이 붙은 방이다.

현수는 아공간에서 꺼낸 푹신한 소파에 앉아 있다.

앞에는 아드리안 왕국 제1왕후의 공주 소피아, 2왕후의 공 주 아이리스가 공손히 시립해 있다.

바로 뒤에는 로레알 공작의 손녀 아그네스와 필립스 공작 의 손녀 이사벨이 있고, 이들 곁에는 할렌 후작의 손녀 나오 미와 화이트 후작의 딸 마샤가 있다.

가장 어린 소피아는 이제 겨우 16세이다.

한국으로 치면 이제 겨우 고1인데 이실리프 마탑주의 여인 이 되기 위해 대기 중이다.

가장 나이 많은 마샤도 21세에 불과하다.

한국 같으면 한창 꿈 많을 대학생쯤 된다. 그럼에도 한 사 내의 여인이 되기 위한 수업을 받는 중이다.

이들 여섯은 요즘 왕궁에서 파견한 시녀장으로부터 잠자

리 교육을 받고 있다.

어떻게 사내를 유혹하고, 어떻게 하여 사랑을 받으며, 어떻게 하면 사내가 육체를 탐하게 할지에 대한 집중 교육이 이루어지는 중이다.

이는 현수가 단 하루도 헥사곤 오브 이실리프에서 자지 않았기 때문이다.

처음 당도한 날 현수는 6명의 여인과 이들의 수발을 들어주는 시녀 144명, 그리고 외곽 경비를 담당하는 기사와 병사들을 위해 피자와 만두를 만들어주었다.

그리곤 피곤하여 잠잘 것이니 스스로 깨어날 때까지 아무도 방해하지 말라는 쪽지를 붙여놓고는 홀연히 사라졌다.

아무리 기다려도 나오지 않자 닷새가 지났을 때 마샤가 문을 열고 들어갔다.

그런데 먼지 한 점 남기지 않고 사라졌다.

보고를 받은 국왕은 언제 다시 올지 모를 마탑주를 잡아두기 위한 만반의 준비를 지시했다.

언제고 다시 오기만 하면 어떻게든 하여 뼈와 살이 타는 밤을 보내도록 하라는 것이다. 그렇기에 아직 어린 나이이지만 각종 방중술까지 배우고 있다.

"소녀, 소피아가 주인님을 알현하옵니다!

"아이리스가 위대하신 분을 뵈어요."

"마탑주님! 저는 아그네스예요. 다시 뵙게 되어 지극한 영광이옵니다."

"오래 기다렸사옵니다. 소녀, 이사벨이옵니다."

"탑주님! 저는 나오미예요. 다시 뵈오니 좋네요."

"마샤가 마탑주님께 재회의 인사를 드립니다."

여섯 명의 여인은 방중술 교육을 받으면서 낯을 붉히고 있었다. 오늘부터 아주 본격적인 내용을 배우게 되어 부끄러움을 견딜 수 없었던 때문이다.

그런데 마탑주가 당도했다는 전갈이 왔다. 이에 모든 걸 파하고 후다닥 달려와 모인 것이다.

"그래, 오랜만이군. 잘들 있었지?"

"네! 매일매일 주인님만을 그리며 기다렸사옵니다."

"저도요!"

"꿈속에서라도 뵙고 싶었어요."

여섯 송이 꽃이 저마다 아름다움을 뽐내고 싶어 몸짓하는 것처럼 조금씩 다가선다.

'그런데 의복이 조금… 야하군!'

모두들 그리스 여인처럼 한쪽 어깨가 드러난 옷을 입고 있다. 가슴의 거의 절반 또한 드러나 있어 조금만 몸을 숙이면 못 볼 것까지 다 보일 지경이다.

아드리안 왕국의 국왕은 현수의 겉보기 나이가 25세이니 정력 또한 절륜할 것이며, 욕정 또한 청년 같은 것이라 생각했다. 하여 이처럼 훤히 드러나는 옷을 입도록 했다.

이곳은 여인들만 머무는 곳이라 다 벗고 다녀도 상관없을 곳이기에 가능한 의복이다.

"잠시 쉴 것이니 가서 의복을 갈아입고 오도록 하라."

"…네, 주인님!"

명이 떨어지자 여인들은 곧바로 고개를 숙이곤 뒷걸음질로 물러난다.

'흐음! 사부님의 안식처를 준비하라 했는데 다 되었을까?'

현수는 네 개의 문 중 북문에 해당하는 것을 열었다.

이곳 헥사곤 오브 이실리프는 특별경호구역으로 지정되어 있는데 가로 500m, 세로 700m 정도 된다.

350,000㎡이니 10만 평이 약간 넘는다. 조선의 정궁(正宮)인 경복궁이 약 13만 평이니 거의 궁궐 크기이다.

현수의 집무실 '세상의 중심'은 중앙부에 위치해 있다.

전면엔 마탑주로서 행해야 할 공식적인 업무를 지원하기 위한 건물들이 늘어서 있다.

좌우엔 144명이나 되는 시녀들의 거처가 있다.

이것을 지나치면 후원이 된다. 온갖 기화이초를 옮겨 심어 계절별 꽃을 감상할 수 있도록 정원이 가꿔져 있었다.

후원은 여전했다. 달라진 점이 있다면 후원의 담장이 전보다 훨씬 뒤쪽으로 이동되어 있다는 것이다.

이전엔 약 300m 전방에 높이 10m짜리 담장이 있었다. 돌을 깎아 모서리를 절묘하게 맞춰놓은 것이었다.

이것이 약 300m 정도 더 뒤쪽으로 이동되어 있다. 기존의 담장을 헐어서 그대로 옮긴 듯하다.

아무튼 새로 조성된 공간은 가로 500m, 세로 300m짜리 공간이다. 여기엔 전에 없던 여러 가지가 건축되어 있었다.

그중 눈에 뜨이는 것은 거대한 오벨리스크[10]이다.

높이를 가늠해 보니 대략 40m쯤 되는 것 같다.

이 정도면 지구에 있는 투트모세 1세(23.2m, 143t)와 하트셉수트 여왕(29.6m, 325t)의 그것보다도 더 크다.

현수는 앞에 쓰인 글귀를 읽어 보았다.

---

10) 오벨리스크(Obelisk) : 고대 이집트 왕조 때 태양신앙의 상징으로 세워진 기념비.
방첨탑(方尖塔)이라고도 한다. 하나의 거대한 석재로 만들며 단면은 사각형이고 위로 올라갈수록 가늘어져 끝은 피라미드꼴이다.

CHAPTER 06
헥사곤 오브 이실리프

아드리안 왕국의 건국시조

이실리프 마탑의 제1대 마탑주

9서클 마스터에 이른 대마법사

아드리안 멀린 반 나이젤이시여 영면하소서!

세로로 쓰인 명문을 읽은 현수는 후원으로 나갔다. 좀 더
자세히 살피기 위함이다.

지난번 방문 이후 대대적인 공사를 한 듯싶다.

가까이 다가가 보니 오벨리스크의 앞에는 멀린이 영면할

묘실이 조성되어 있다.

미스릴 관에 담긴 사체가 현수의 아공간에 있기에 아직 덮지 않은 상태이다.

묘역의 규모는 가로 100m, 세로 100m이다.

좌우엔 왕실 후손들과 고관대작들이 참배할 수 있도록 여러 시설이 갖춰져 있다.

'신경을 많이 썼군. 하긴……! 이실리프 마탑의 초대 마탑주이자 아드리안 왕국의 건국시조이니 당연한 일이지.'

오벨리스크 바로 앞쪽에 묘실이 조성되어 있는데 관이 들어갈 자리 밖에는 세 겹의 통로가 형성되어 있다.

이곳에는 여러 개의 함정이 있는데 특정 부위를 밟으면 벽에서 창이 튀어나오는 것, 바닥이 푹 가라앉으면서 독액에 빠지도록 한 것 등이다.

혹시 있을지 모를 도굴을 미연에 방지하고자 함일 것이다. 그런데 아직 뚜껑을 덮지 않은 상태인지라 훤히 보인다.

'흐음! 이것 가지곤 부족하지. 도굴을 막으려면 적당한 마법진들이 필요하겠군.'

잠시 통로를 살핀 현수는 그곳으로 들어갔다.

어느 곳을 뚫고 들어오든 최외곽 통로에 발을 들여놓게 될 것이다. 이 통로의 벽에 감응 체인 라이트닝 마법진을 그려 넣었다.

누구든 이 통로에 발을 들여놓으면 15번의 체인 라이트닝 마법이 연속하여 구현되도록 한 것이다.

마나석을 박아놓고는 마법진의 효력이 영구하도록 마나 집적진, 오토 리차지 마법진 또한 그랬다.

마지막은 퍼펙트 트랜스페어런시 마법진이다.

현수는 10서클 마스터이다. 게다가 마나 효율의 극대화를 추구하는 이실리프 마탑의 마탑주이다. 그렇기에 마법진이 있음을 알아도 찾아내지 못할 것이다.

세 겹의 통로 중 가운데 통로엔 8서클 마법인 헬 파이어 마법진을 그려놓았다.

이것 역시 마법진이 영구하도록 온갖 조치를 취했다.

최외곽 통로를 운 좋게 벗어난 자가 이곳에 발을 들여놓으면 통구이가 되어버릴 것이다. 통로 전체로 엄청난 열기를 가진 화염이 뿜어질 것이기 때문이다.

피할 곳은 당연히 없다. 사방에서 뿜어질 것이기 때문이다. 누구든 무단침입하면 한 줌 재가 될 것이다.

묘실 바로 바깥쪽 통로에도 마법진을 그려놓았다.

이번엔 아이스 크리스탈 오브 스톰(Ice crystal of storm)이다. 이것 역시 8서클 마법으로 빙정의 폭풍이 통로 전체를 꽁꽁 얼리는 것이다.

한국의 건축법을 살펴보면 '동결선'이란 용어가 있다. 이것은 추운 겨울철에 땅이 얼어붙는 깊이를 의미한다.

당연히 위도에 따라 다르다. 남쪽은 얕고, 북쪽은 깊다.

겨울이 되면 땅이 얼면서 부피가 팽창된다. 물이 얼음으로 변할 때 체적이 늘어나는 것과 같은 이치이다.

그러다가 계절이 바뀌어 봄이 되면 해빙되면서 부피가 줄어들며 주저앉는다.

이때 건축물의 기초가 동결선보다 위쪽에 있으면 구조에 악영향을 준다. 건축물이 통째로 주저앉을 수 있는 것이다.

하여 건축물의 기초는 땅이 얼지 않는 동결선 아래까지 내려서 시공하라는 법 규정이 있다.

참고로, 수도관 역시 동결선 아래로 시공하지 않으면 겨울에 얼어터지게 된다.

어쨌거나 서울의 경우 동결선의 깊이는 약 80㎝이다. 가장 깊은 곳은 인제 지역으로 약 130㎝ 정도 된다.

현수가 적용시키려는 아이스 크리스탈 오브 스톰이 시전되면 순식간에 땅속 100㎝까지 완전한 얼음이 된다.

사람은 물론이고 어떠한 동물이나 몬스터도 이런 추위를 견뎌내지 못할 것이다.

그런데 이것마저 돌파하고 묘실의 벽을 허물게 되면 멀린의 시신이 담긴 미스릴 관은 텔레포트된다.

이것의 목적지는 바세른 산맥 깊숙한 곳에 위치한 멀린의 레어이다. 이 세상 어느 누구도 알지 못하는 곳이니 어쩌면 가장 안전한 곳인지도 모른다.

그럼에도 이곳에 묘역을 조성하는 이유는 후손들의 참배를 받으라는 의도이다.

어쨌거나 현수는 어느 누구도 감히 스승의 시신에 위해를 가할 수 없도록 만반의 조치를 취했다.

마법진들은 안치식이 끝난 직후부터 구현될 것이다. 이것의 존재는 왕실과 마탑주에게만 계승되도록 할 예정이다.

"온 김에 안치식을 하도록 해야겠군."

언제까지고 스승의 관을 아공간에 담고 다닐 수는 없다. 이제 준비가 되었으니 행사를 치르는 것이 맞다.

현수는 이실리프 왕국에서 필요로 하는 곡물 및 생필품 수량을 점검하고 있었다. 아직 국왕을 만나기엔 이른 시간이다. 하여 남는 시간을 활용하던 중이다.

"주인님!"

부드러운 여인의 음성이다. 고개를 들어보니 화사하게 화장한 소피아가 서 있다.

"누구? 아, 소피아 공주! 왜?"

"아바마마께서 만남을 청하셨사옵니다."

"아바마마? 아! 국왕께서……? 어디 계시지?"

"정문 앞에 계시옵니다."

"정문? 왜 그곳에 계시도록 하였나? 얼른 뫼시지 않고."

현수는 자리에서 벌떡 일어났다.

이곳은 아드리안 왕국의 영토 내이다. 따라서 국왕에 대한 대접을 해야 하기 때문이다.

"헥사곤 오브 이실리프엔 오로지 주인님 이외의 사내는 머물 수 없사옵니다. 하오니 주인님께서 나가셔야 하옵니다."

이곳은 아드리안 왕국 내에 위치하고 있지만 부지 전체가 이실리프 마탑에 헌납되어 있다.

그리고 이곳은 왕국의 법도 효력을 끼치지 못한다. 제아무리 위급한 상황이 벌어져도 국왕조차 출입 불가인 땅이다.

그렇기에 한때 사내들이 추근대는 것을 피하기 위한 귀족가 또는 왕가 여인들의 피신처 역할을 하기도 했다.

물론 마탑주의 허가가 있으면 드나들 수 있으나 그것도 특별한 경우에만 그러하다. 어쨌거나 마탑주가 없는 동안엔 헥사곤에 머무는 여섯 여인이 이곳의 운영을 책임졌다.

"그래?"

"예! 불편하셔도 나가셔야 하옵니다."

소피아가 공손히 고개 숙여 예를 갖추곤 따라 나오라는 듯 뒷걸음질로 물러난다.

현수는 의복을 정제하고 소피아를 따라나섰다.

"마탑주님께서 오셨다는 전갈을 듣고 곧바로 왔습니다."

"어서 오십시오, 국왕 전하! 마땅히 먼저 찾아뵈었어야 하는데 이렇게 오시니 송구합니다."

"아이구, 아닙니다. 아닙니다."

둘은 서로에게 정중한 예를 갖췄다.

"자아, 안으로 드시지요."

"예!"

현수의 안내를 받은 국왕은 집무실로 향하는 동안 여기저기를 두리번거린다. 왕궁 바로 옆에 있지만 한 번도 와보지 못한 곳이기에 호기심이 인 것이다.

집무실 소파에 앉은 국왕은 그 푹신함에 눈을 크게 뜬다.

"어라……! 이건 뭐로 만든 겁니까?"

"스폰지라는 걸 넣은 건데 제 모국인 코리아 제국에서 만든 겁니다. 제가 그곳 출신이라는 건 아시지요?"

"네에, 소문은 들었습니다. 그곳의 백작이셨다고……. 어찌 된 건지 말씀해 주실 수 있는지요?"

마탑주가 고작 제국의 백작이었다는 소문에 국왕은 약간 난감했었다. 타국의 중간 정도 되는 작위를 가진 귀족과 대등한 관계로 만나야 하기 때문이다.

"수하들과 함께 유람삼아 바닷길을 나섰다가 큰 풍랑을 만나 아르센 대륙까지 떠밀려 왔지요."

"아! 그러셨군요."

"그때 수하들은 모두 죽고 저만 간신히 해변에 닿았습니다. 그리고 얼마 지나지 않아 스승님을 만났지요."

"스승님이라면 저희 시조님을……."

"네! 아드리안 멀린 반 나이젤 그분이셨습니다."

"아……!"

어떻게 해서 시조와 사제지간이 되었는지를 알게 된 국왕은 고개를 크게 끄덕인다.

"근데 코리아 제국은 어떤 곳입니까?"

"코리아 제국은……."

현수는 그간 뻥쳐왔던 것을 종합하여 이야기해 주었다.

서울은 본인의 영지이고 인구는 1,000만 명이 넘는 대영지라 하자 국왕은 화들짝 놀란다.

코리아 제국 전체 인구가 5,000만 명인데 그것의 5분의 1을 차지하는 거대 영지의 영주가 고작 백작이었다니 어찌 놀라지 않겠는가!

아드리안 왕국의 전체 인구와 엇비슷한 규모이다.

"제국엔 공작과 후작들이 몇 분이나 계셨습니까?"

"여럿 계셨지요. 하나 큰 힘은 없었습니다."

"그렇겠지요."

전체 인구의 5분의 1을 데리고 있으니 작위가 높아봤자 함부로 대하지 못했을 것이다. 백작가에서 보유한 기사와 병사의 수만 해도 어마어마했을 것이기 때문이다.

그러고 보니 문득 궁금하다.

"백작가의 병력은 어느 정도 되었습니까?"

현수는 내친 김에 조금 더 뻥을 쳤다. 기사와 병사들을 포함하여 60만 대군을 보유했다고 한 것이다.

"헉! 그렇게나 많았습니까? 무력이 어마어마하셨군요."

"그렇지요. 병사들만 동원해도 드래곤 사냥이 가능했으니까요."

"드, 드래곤을 말씀이십니까? 그것도 병사들이……?"

국왕은 믿을 수 없다는 표정으로 반문했지만 현수는 이에 대꾸하지 않았다.

꼭 답변을 듣고 싶어서 물은 게 아니기 때문이다.

"참, 우리 코리아 제국에선 신분증명서를 이렇게 만들어 줍니다."

말을 하며 주민등록증을 꺼내서 보여주었다. 국왕은 정연한 글씨와 사진을 살피며 제국의 저력을 가늠해 보았다.

그런데 뭐로 만든 것인지 딱딱하면서도, 매끄럽고, 탄력이 있다.

하여 고개를 갸웃거릴 때 현수의 부언 설명이 이어진다.

"그거 재질이 드래곤의 비늘입니다."

"헉! 네, 네에?"

너무 놀라 주민등록증을 떨어뜨릴 뻔한 국왕은 간신히 수습하고는 경악한 표정을 짓는다.

"조금 전에도 말씀드렸지만 코리아 제국에선 병사들의 힘만으로도 드래곤을 사냥합니다. 하여 완전히 멸종되었지요."

"아……!"

중간계의 조율자, 위대한 존재, 마법의 조종 등으로 불리는 존재의 비늘이라 한다.

비위를 거스르는 것만으로도 무지막지한 브레스를 뿜어 수많은 인명을 살상할 능력자이기도 하다.

그런 존재를 죽이고 비늘을 뽑아 신분증명서를 만들었다고 한다. 어찌 놀라지 않겠는가!

"여, 여기……!"

화들짝 놀란 국왕은 얼른 주민등록증을 건네준다.

현수는 말없이 받아 지갑에 넣었다. 그런데 지갑이 약간 독특해 보인다.

검고 흰색이 섞여 있는데 표면이 우둘두툴한 것 같다.

"그건 뭡니까?"

"이건 지갑이라고 하는 겁니다. 신분 증명서 등을 넣을 수 있도록 만든 것으로 가오리 가죽으로 만든 거죠."

"가오리요?"

"네! 바다에 사는 납작한 물고기 중 하나지요."

"물고기의 껍질이 이토록 단단하단 말입니까?"

"잘 처리하면 그렇게 됩니다."

말을 하며 보고 싶으면 보라고 국왕에게 지갑을 건넸다. 지갑 안에는 신용카드 몇 장이 꼽혀 있다. 흰색도 있고, 검은색과 초록색 카드도 있다.

국왕은 이를 화이트 드래곤과 블랙 드래곤, 그리고 그린 드래곤의 비늘이라 인식했는지 만져보지도 않는다.

그러다 지폐를 보게 되었다.

세종대왕의 그려진 10,000원 권 지폐이다.

"이건 뭡니까? 사람 얼굴이……."

"아! 그분은 우리 코리아 제국의 선대 황제시지요. 제국에서 사용하는 문자를 창제해 내신 분입니다."

"문자를 창제해요?"

"네! 아주 뛰어나신 분이었거든요."

"아! 그렇군요."

국왕은 별 흥미를 못 느꼈는지 도로 집어넣는다.

귀족으로서 선대 황제를 기리는 의미로 들고 다니는 것이라 여긴 것이다.

"방금 보신 건 코리아 제국의 화폐입니다. 금화나 은화를 들고 다니는 건 너무 무거워 그렇게 만든 겁니다."

"어진(御眞)이 아니라 화폐라고요?"

"네! 선대 황제를 기리는 의미도 있지만 화폐로서의 역할이 더 크지요. 지금은 한 가지밖에 없지만 여러 종류가 있어 금전 거래할 때 아주 편합니다."

"아……! 그런데 이건 뭐로 만든 겁니까? 종이 같기는 한데 조금 질긴 것 같습니다."

아르센 대륙에도 종이가 있기는 하다. 물론 지구의 것과는 차이가 있다. 훨씬 더 조악하고, 잘 찢어진다.

국왕이 보기엔 종이이다. 그런데 이리저리 당겨 봐도 찢기지 않자 고개를 갸웃거린다.

"종이처럼 보이지만 솜으로 만든 겁니다."

"솜이요?"

"네, 목화라는 식물의 씨앗에 달라붙은 털 모양의 흰 섬유질을 가공한 겁니다. 부드럽고, 가벼우며, 탄력이 풍부하고, 흡습성과 보온성이 뛰어나죠. 제국에선 이걸 가공하여 직물 등으로 널리 사용하고 있습니다."

"목화라면 어떤 걸 말씀하시는 건지요?"

국왕은 관심이 간다는 표정이다.

"아공간 오픈!"

현수는 노트북을 꺼냈다. 그리곤 부팅시킨 후 백과사전에서 목화 부분을 찾아서 사진들을 보여주었다.

"이건 남부지방에서 자라는 잡초와 아주 비슷하군요."

"아! 여기도 이런 게 있습니까?"

"네! 분명히 있습니다. 이런 걸 본 적이 있거든요."

국왕은 확신한다는 듯 힘차게 고개를 끄덕인다.

"그래요? 뭐라 부르지요?"

"글쎄요? 그것까지는… 별 쓸모없는 잡초라……."

사용방법을 모르니 잡초라 하는 게 맞는 말이다.

"그렇다면 목화라 이름 붙이십시오. 이걸 잘 가공하면 솜은 물론이고, 따뜻한 옷감까지 만들 수 있습니다. 솜으로는 이불과 요 등을 만들 수 있으며, 옷감 사이에 솜을 넣고 누비면 추운 겨울을 나기에 한결 편해집니다."

"그래요? 근데 모카라 하셨나요?"

"아니요. 목화입니다. 아국에선 그리 부르거든요."

"아! 그렇습니까? 목화요."

듣던 중 반가운 소리라는 표정으로 바라본다. 국왕으로서 백성들이 편해진다니 관심이 가는 모양이다.

"이걸 어떻게 하여 솜으로 만들고, 실을 만들며, 천을 짜는지는 제가 알려주도록 하겠습니다. 그리고 이건……."

내친 김에 아공간 속에서 목화이불솜을 꺼냈다.

겉감은 TC186이고, 충전재는 천연목화 65%에 폴리에스테

르 35%짜리 이불이다. 슬쩍 살펴보니 원래는 49,000원짜리
인데 24,900에 할인판매 한다는 태그가 붙어 있다.

"이건⋯⋯?"

"가져가셔서 덮어보십시오. 가볍고, 따뜻할 겁니다."

"⋯아! 감사합니다."

국왕이라 마름질이 아주 잘된 짐승 가죽을 덮고 잔다.

원래 심한 냄새가 났지만 마법 처리하여 냄새를 죽여 놓은
것이다. 그래도 습기 많은 날엔 가끔 냄새가 난다. 구역질이
올라올 정도로 싫지만 어쩌겠는가!

아르센 대륙에도 천은 있지만 덮어도 따뜻하지 않다. 추위
를 물리치려면 엄청 두껍게 겹쳐 덮어야 한다. 당연히 매우
무겁다.

그런데 눈앞의 이불은 백설처럼 희다. 만져보니 보드랍고,
가볍다. 너무 가벼워 덮어도 덮은 것 같지 않을 듯싶다.

코를 대고 킁킁거려 봤는데 아무런 냄새도 나지 않는다.

과연 마탑주라는 생각이 들었다.

이때 현수는 목화솜으로 만든 요도 꺼냈다. 태그를 보니 퀸
사이즈이고, 가격은 40,000원이다.

그러고 보니 이불과 요 모두 커버가 없다. 하여 요와 이불
의 커버 역시 꺼냈다. 연한 쪽색이다.

현수는 익숙한 손길로 커버를 씌웠다. 천지건설에 입사하

기 전까진 이런 일도 곧잘 했기에 작업은 금방 끝났다.

그러고 보니 베개가 없어 이것도 꺼냈다.

하나는 연한 코발트색이고, 다른 하나는 부드러운 파스텔 톤 주황색이다. 두 개만 가지곤 부족하다 싶어 연두색과 노란 색도 꺼냈다. 이것들도 파스텔톤이다.

베개 겸 쿠션으로 쓰라는 의도이다.

"이걸 왕궁으로 보낼 테니 써보십시오. 모두 목화로 만든 겁니다."

"네에? 이거 전부가 그렇다는 말씀이십니까?"

"그렇습니다. 목화를 가공하여 만든 겁니다. 따뜻하고, 가 벼우며, 흡수성과 보온성 또한 좋습니다. 사용 후 가끔은 햇 볕에 말려주시는 것 잊지 마십시오."

"……!"

현수의 설명에도 국왕은 대꾸가 없다. 대신 이불과 요, 그 리고 베개를 만져보느라 여념이 없다.

너무도 푹신푹신하고, 가볍고, 보드랍기에 마치 연인을 쓰 다듬듯 하고 있다. 신기하기도 하고, 한시라도 빨리 사용해 보고 싶기도 해서이다.

"국왕 전하!"

"…아! 네에. 말씀하십시오."

"들으셨는지 모르겠습니다만 얼마 전에 파이렛 군도의 해적 모두를 제압하여 노예로 삼았습니다."

"네에? 해적들 전부 말씀이십니까? 마탑주님께서요?"

"그러합니다. 바다의 악이니 당연히 그리해야 했지요. 모두를 죽일 수 없어서 제 노예로 삼았습니다."

해적들 모두를 죽이면 그야말로 피바다가 된다. 너무 인원이 많기에 하여 국왕은 고개를 끄덕여 동의해 준다.

"아아! 정말 큰일을 해주셨습니다. 그렇지 않아도 해적들 때문에 골치 아픈 일이 한두 가지가 아니었습니다."

아드리안 왕국은 해적들의 창고나 마찬가지였다.

다른 나라와의 교역을 위해 바다를 오가는 상선들만 나포 당한 것은 아니다. 수시로 상륙하여 노략질도 자행했다.

이 과정에서 곡식 등이 약탈되었고, 많은 사람이 잡혀갔다. 사내들은 노예가 되어 노동력을 제공해야 했고, 여인들은 노동력뿐만 아니라 몸까지 제공했다.

국왕은 이들을 퇴치하기 위해 많은 애를 썼지만 불행히도 아드리안 왕국은 해안선이 길다. 게다가 파이렛 군도에서 가장 가까운 세 나라 중 하나이다.

뿐만이 아니다. 뭍에는 해적의 끄나풀이 많이 있다. 하여 병사들이 없거나 경계가 느슨한 곳마다 털렸다.

삼국연합의 공격이 우려되었을 때엔 특히 더했다.

군사들을 그쪽에 배치할 수 없음을 알고 아예 내놓고 노략질을 벌였던 것이다. 참으로 골치 아픈 존재였다.

그런데 해적들 모두가 제압되었다니 참으로 기쁜 일이다.

이제부턴 길고 긴 해안선 전체를 지키느라 국력을 낭비하지 않아도 되기 때문이다.

국왕의 얼굴이 상기되어 있다. 끝없이 돈이 들어가던 일 하나가 완벽하게 사라졌으니 마음이 편해져서이다.

"파이렛 군도는 이실리프 군도로 이름이 바뀌었습니다."

"아! 그렇습니까?"

이실리프 마탑의 마탑주가 손수 해적들을 제압하였으니 이름 바꾸는 정도는 얼마든지 가능한 일이다.

"그리고 그곳은 제 왕국이 될 겁니다."

"네에……? 왕국이요?"

국왕은 화들짝 놀라는 표정을 짓는다. 새로운 왕국이 탄생된다는 데 어찌 놀라지 않겠는가!

그러거나 말거나 현수의 말은 이어진다.

"기왕에 제압했으니 제가 다스려 보려구요. 국왕께서는 대륙 각국에 이러한 소식을 전해주셨으면 합니다."

"네, 그럼요!"

얼떨결에 하는 대답인 듯싶다. 그러거나 말거나 현수의 말은 이어진다.

"이실리프 왕국은 아직 기틀조차 제대로 잡히지 않아 대외

적인 업무를 추진할 능력이 없습니다. 도와주실 거죠?"

"무, 물론입니다. 대륙 각국에 사람들을 파견하여 마탑주님께서 하신 말씀을 전하도록 하겠습니다."

"아드리안 왕국과 이실리프 왕국은 서로 호혜하는 사이가 되기를 바랍니다."

"다, 당연한 말씀이십니다. 의당 그리해야 하지요."

아민 멘데스 폰 아드리안 국왕은 연신 고개를 끄덕인다.

그러고 보니 아드리안 왕국은 전쟁 준비를 하느라 재화를 모두 써서 재정 고갈이 우려된다고 했었다. 삼국연합이 거의 모든 국경을 봉쇄하여 물가가 왕창 오른 때문이다.

"목화씨를 구해드릴 테니 그걸 재배하여 나라의 기틀을 잡으십시오. 다른 나라로 종자가 흘러가지 않도록 각별히 주의를 기울이셔야 특산물 대접을 받을 겁니다."

말은 이렇게 했지만 문익점이 붓 대롱에 씨앗을 감춰온 것처럼 언젠가는 대륙 전체로 번질 것이다.

그래도 아드리안 왕국이 완전히 자리 잡을 때까지는 아주 중요한 수출 자원이 될 것이다.

아무튼 국왕은 목화를 독점할 수 있다는 생각에 전율이라도 느끼는지 부르르 떤다. 이때 현수의 말이 이어진다.

"제게 스승님께서 남기신 재물이 조금 있습니다. 마탑을 위해 써야 하는 거라 말씀 안 드렸는데 이번에 해적을 소탕하면서 적지 않은 재물을 얻었습니다."

"아……!"

지난 50년간 바다 위를 오가는 상선 중 상당수가 해적들에게 나포되어 갔다.

그중엔 금은보화를 가득 실은 배도 있었을 것이다. 그렇기에 보물을 얻었다는 말이 거짓은 아닐 것이다.

"스승님께서 남기신 것을 드릴 테니 아드리안 왕국을 위해 쓰십시오."

"감사합니다. 아껴 쓰도록 하겠습니다. 그리고, 아까부터 아드리안 왕국이라 하시는데 정확한 명칭은 공국입니다."

국왕의 어투는 조심스러웠다. 마탑주의 실수를 지적하는 일이 될 수도 있기 때문이다.

"공국이 아니라 왕국이라 하셔도 됩니다."

"……?"

"라이서 제국과 카이엔 제국엔 이미 이야기해 두었습니다. 미판테 왕국 역시 왕국 선포를 적극지지 할 것입니다. 우리 이실리프 왕국 또한 그러합니다."

"……!"

국왕은 멍한 표정이다.

아드리안 공국은 카이엔 제국으로부터 갈라져 나왔다. 따라서 카이엔 제국만 왕국으로 인정해 줘도 충분하다.

이럴 경우 카이엔 제국이란 보호막이 사라진다 생각하고 집어삼키려는 이웃 국가가 있을 수도 있다.

그런데 라이서 제국와 미판테 왕국, 무엇보다도 이실리프 왕국의 지지가 있으면 감히 건드릴 수 없게 된다.

당분간 국방에 신경을 덜 써도 된다는 뜻이다.

"다만 왕국 선포일을 저와 상의해 주십시오."

"네? 아, 그럼요, 물론입니다."

국왕은 크게 고개를 끄덕인다. 현수 덕에 공국에서 왕국으로 발돋움하는 것이니 당연하다는 표정이다.

"그날 레드 드래곤 라이세뮤리안 옥타누스 카로길라아지바랄과 골드 드래곤 제니스케리안 인터누스 지노타루이마덴이 아드리안 왕국의 수호룡 선포를 할 것이기 때문입니다."

"헉! 네에?"

국왕은 대경실색하는 표정이다. 이때 현수의 결정타 한 방이 더 날아간다.

"아! 깜박했는데 제니스케이안은 현재의 드래곤 로드인 옥시온케리안과 쌍둥이입니다."

"끄응!"

국왕은 너무도 놀라 신음만 토한다.

"스승님께서는 후손들의 나라가 위험에 처한 것을 몹시 가슴 아프게 생각하셨습니다."

"······!"

국왕은 시조님의 이야기가 나오자 숙연한 표정이다.

"라이세뮤리안과 제니스케리안이 살아 있는 동안 아드리안은 안전할 겁니다."

"그, 그럼요."

위대한 존재 둘이 수호하는 국가를 어떤 미친놈이 건드리겠는가! 지극히 당연한 말씀이기에 국왕의 고개는 크게 위아래로 움직인다.

"제 경우는 몇 번의 바디체인지를 겪으면서 수명이 대폭 늘었습니다."

"······!"

국왕은 아직 바디체인지를 겪은 사람을 본 적이 없다.

그렇기에 구체적으로 어떤 변화가 생기는지를 모른다. 하여 몹시 궁금한 표정으로 현수를 바라본다.

"제 수명은 대략 1,300년 정도입니다. 앞으로 1,000년 이상 살겠지요."

"아······!"

건강히 오래 살고픈 것이 인간의 욕망이다. 국왕이라 하여 어찌 다르겠는가! 하여 몸에 좋다는 건 다 구해다 먹는다.

그럼에도 오래 살 것이란 보장이 없다.

그나마 다행이라면 국왕의 자리가 공고하고, 자식들 가운데 왕위를 탐내는 녀석들이 없다는 것이다.

안 그렇다면 언제든 독살당할 수 있는 것이 국왕이다.

실제로 조선의 역사를 살펴보면 상당히 많은 왕이 독살당했다. 전체의 25% 정도이다.

인조, 선조, 소현세자, 효정, 현종, 경종, 정조, 고종이다.

이들의 공통점은 즉위할 때 반대세력이 있었다는 것과 독살당하지 않았다면 조선의 미래가 달라졌을 것이라는 것이다.

아울러, 독살 당해 죽은 후엔 그 반대세력이 민 사람이 다음 왕이 되었다는 것이 공통점이다.

조선시대의 왕은 지존이지만 절대적인 충성의 대상이 아니었다는 뜻이고, 욕심 많은 무리는 제 이득을 위해서라면 서슴없이 임금에게 독약을 썼음을 의미한다.

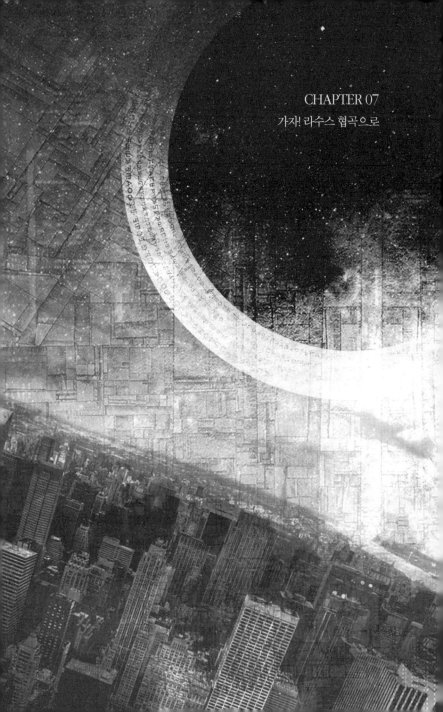

CHAPTER 07
가자! 라수스 협곡으로

영화 '광해, 왕이 된 남자'를 봐도 그러하다.

이조판서 박충서 무리는 자신들의 뜻을 따르지 않는 왕을 죽이기 위해 팥죽에 독약을 넣으라 지시한다.

이에 기미나인 사월이가 고마웠던 임금을 대신하여 그것을 삼키고 대신 죽는 장면이 나온다.

이런 일이 많았기에 조선 후기엔 왕의 독살을 방지하기 위한 목적으로 '백자은구약주전자(李朝白磁銀具藥茶罐)'라는 것을 만들어 사용해야 했다.

왕실용 탕제나 약주에 독극물을 넣는 것을 방지하기 위해 은으로 만든 자물쇠가 부착된 백자 주전자와 잔이다.

대놓고 신하들을 의심한다는 의미의 유물이기도 하다.

어쨌거나 국왕은 현수 덕분에 모든 시름으로부터 해방되는 느낌이다. 당연히 몹시 고맙다는 마음이 들어 정중히 사례하려 자리에서 일어섰다.

이때 현수의 입술이 달싹인다.

"아공간 오픈!"

또 시커먼 입구가 일렁인다.

[아리아니, 안쪽에 스승님이 남기신 금은보화들이 있을 거야. 그것들을 이 앞에 꺼내줘.]

[네, 주인님!]

말 떨어지기 무섭게 아공간으로부터 금은보화들이 튀어나와 국왕의 앞에 쌓이기 시작한다.

금화와 은화는 물론이고 다이아몬드, 에메랄드, 사파이어, 호박, 진주, 오팔, 루비, 아쿠아마린 등이다.

"허어! 세상에……."

현수가 꺼내놓은 것들의 가치는 아드리안 공국 시절 가장 번성했을 때 국고 전부와 비슷할 지경이다.

멀린은 7서클 대마법사 시절에 상당히 많은 마법검 등을 제작하여 팔았다. 8서클에 이르려면 많은 실험 등을 해야 하는데 돈이 많이 들기 때문이다. 그런데 생각보다 적은 돈이

들었기에 엄청 남아 있었던 것이다.

"아드리안 왕국이 지금보다 번영하려면 인재 발굴에 힘써야 할 겁니다. 귀족뿐만 아니라 평민과 노예 가운데에서도 영리한 자들을 찾아 쓰는데 사용하십시오."

"…마탑주님의 금언, 가슴 깊이 새기겠습니다."

"나중에 이실리프 왕국으로 한번 오십시오. 어떻게 해야 하는지에 대한 본보기를 보실 수 있을 겁니다."

"알겠습니다. 꼭 가도록 하겠습니다. 감사합니다."

국왕은 정중히 허리 숙여 감사의 뜻을 표했다. 마땅히 반례로 대응해야 하지만 이번엔 그러지 않았다. 스승을 대신하여 이실리프 마탑주로서 받은 하례이기 때문이다.

"그나저나 국왕께 도움을 청할 일이 있습니다."

"네……? 아! 네에, 말씀만 하십시오."

국왕은 자신이 10서클 마법사에게 도움 줄 일이 뭐가 있을까 싶었던 모양이다.

"미판테 왕국에 제 아내가 될 여인이 있었는데 노예 상인에게 납치되었습니다."

"네에?"

세상 모든 마탑 위에 우뚝 솟은 이실리프 마탑주의 부인이 될 여인을 누군가 납치하였다는데 어찌 놀라지 않겠는가!

게다가 노예 상인이라고 한다.

하여 대경실색할 때 현수의 말이 이어진다.

"노예 상인에게 물어보니 이곳 멀린에서 경매에 붙여졌었다고 합니다."

현수의 말을 듣는 순간 국왕의 뇌리로 스치는 사건 하나가 있다. 아드리안 공국이 건국된 이래 가장 비싼 값에 경매된 여자 노예 사건이다.

당시 경매에 참여했던 귀족들의 말에 의하면 지상 최고의 미녀였다고 한다.

경매 시작가는 300골드였다.

그날 마지막으로 경매된 노예의 면사를 벗겨내는 순간 사방에서 탄성이 터져 나왔다고 한다.

너무 아름다워 입을 다물 수 없어서 그러했다. 그전까지 경매된 여자 노예들은 꾀죄죄하고, 겁에 질린 표정이었다.

그런데 누가 봐도 괜찮은 의복이며 장신구로 치장되어 있었다. 그리고 전혀 겁먹은 표정이 아니었다.

오히려 경매 참가자들을 구경하는 여유까지 있었다고 한다. 하여 어느 몰락한 귀족가의 여식이라 생각했었다.

어쨌거나 300골드에서 시작된 호가는 305골드, 310골드, 315골드에 이어 320골드, 330골드로 늘어났다. 이것은 계속해서 350골드, 380골드, 420골드, 470골드로 이어졌다.

서로 차지하려는 경쟁이 붙은 때문이다.

그러다 보니 1,000골드에 이르게 되었다. 한국 돈으로 치면 약 10억 원이다.

이때부터는 조금씩 뜸해졌다. 여자 노예 하나의 가격이 10억 원이라면 너무 비싸기 때문이다.

하지만 호가는 계속해서 올라갔다. 그러다 누군가가 1,200골드라 외치자 조용해졌다.

네 자리 숫자가 되면서부터 여자 노예 하나의 값치고는 너무 높은 가격이라는 공감대가 형성되었던 때문이다.

이에 경매 진행자는 더 높은 가격을 부르실 분 없으면 낙찰시키겠다는 발언을 했다. 그리곤 하나, 둘에 이어 셋이라 외치며 의사봉을 두드리려던 순간 누군가의 음성이 있었다.

"1,600골드에 사겠소!"

"……!"

경매 참가자 전원이 얼음처럼 굳어버린 순간이다. 한 번에 호가가 400골드나 뛰어오른 때문이다.

곧이어 모두의 시선은 1,200골드를 외쳤던 사람에게 향했다. 얼굴이 익히 알려진 공작가의 집사이다.

그런데 그의 입은 좀처럼 열리지 않았다. 1,600골드 이상을 부를 엄두가 나지 않은 때문이다.

잠시 후 진행자의 의사봉이 세 번 두드려졌다. 건국 이래 최고가 노예가 낙찰된 것이다, 하여 이 사건은 한동안 사교계에 회자[11]되었다. 그렇기에 국왕까지 알게 된 것이다.

국왕은 이 이야기를 들었던 시기를 가늠하며 입을 연다.

"……! 혹시, 1,600골드에 팔렸다는 그……."

"맞습니다. 이름은 다프네! 나이는 23세입니다."

"아! 역시……."

지상 최고의 미녀라는 수식어가 괜히 붙었던 것이 아니다 싶어 고개를 끄덕였다.

"아드리안 왕국 어딘가에 있을 것으로 사려됩니다. 꼭 찾아주셨으면 합니다."

"당연한 말씀이십니다. 꼭 찾아서 이곳까지 안전하게 모시겠습니다."

국왕은 흔쾌히 고개를 끄덕인다. 마탑주의 부인 되실 분이니 의당 그리해야 하기 때문이다.

이때 현수의 말이 이어졌다.

"미리 말씀드리지만 다프네는 라수스 협곡의 지배자 라이세뮤리안의 딸입니다."

"네에……?"

국왕은 턱이 빠질 정도로 입을 크게 벌린다. 감히 드래곤의 딸을 납치하여 노예로 팔아먹은 셈이 되기 때문이다.

만일 무슨 일이라도 당했다면 아드리안 왕국의 수도 멀린

---

11) 회자(膾炙) : 날고기와 구운 고기라는 뜻, 사람들의 입에 오르내림을 의미한다.

은 화염의 브레스로 불타오를 수도 있다.

생각이 여기에 미치자 저절로 자리에서 일어나진다. 한가롭게 담소를 나눌 상황이 아닌 것이다.

"지, 지금 당장 그분을 찾아보라고 지시해야겠습니다."

"네! 부탁드립니다."

"아, 아닙니다. 그, 그럼 이만······! 또 찾아뵙겠습니다."

국왕은 현수의 대답도 기다리지 않고 후다닥 나가 버린다.

나라의 존폐까지 우려될 정도로 중대한 사건이 벌어져 있으니 어찌 급하지 않겠는가!

잠시 후, 헥사곤 오브 이실리프 앞에서 대기하고 있던 수행 귀족과 근위기사단 전원이 마치 놀란 기러기처럼 사방으로 흩어진다. 하나같이 창백한 낯빛을 띠고 있다.

보통 급한 일이 아니기 때문이다.

국왕은 가장 먼저 노예 경매에 관여했던 자 전원에 대한 긴급체포를 지시했다. 노예상과 그 가솔은 물론이고, 경매 진행자까지 압송될 예정이다.

그러는 동안 솜씨 좋은 화공들을 데려다 놓도록 했고, 그날 경매에 직접 참여했던 사람들도 집합시키라 하였다.

대부분이 귀족가의 집사지만 일부는 백작급 이상의 귀족 본인도 있다. 이들 가운데 예외는 없다.

만일 귀족이라 하여 못 오겠다고 뻗대는 자가 있다면 즉시

작위를 폐하고, 전 재산을 몰수토록 할 것이며, 산간오지로 귀양살이를 보낼 것임을 분명히 했다.

이들을 부르는 이유는 다프네의 용모파기를 그려서 전국에 수배하려는 의도이다.

그림이 그려지는 동안 왕국의 모든 병력은 전국 각지로 흩어질 만반의 준비를 하게 된다.

이때 국왕은 모든 영지를 샅샅이 뒤질 수 있도록 인솔 귀족 또는 기사에게 복명서를 줄 생각이다.

이것엔 다프네가 이실리프 마탑주의 부인이 되실 분이시며, 라이세뮤리안의 딸이라는 내용이 들어 있다.

이를 보고도 수색에 동참하거나 협력하지 않을 귀족은 아마 하나도 없을 것이다.

마법사가 없는 것으로 알려진 영지엔 왕실 마법사들이 파견되어 즉각적인 통신이 이루어지도록 조치를 취한다.

그야말로 국력을 총동원하여 전국을 샅샅이 뒤지라는 명령을 내리는 것이다.

현수는 이실리프 왕국에서 필요로 하는 곡물과 생필품 이야기를 미처 하지 못했기에 이를 문서로 작성하였다.

이것들을 왕국 최남단의 항구도시 콘트라로 보내달라는 내용이다.

"소피아!"

"네! 주인님!"

소피아 공주는 부친인 국왕이 황급히 물러가자 대체 무슨 일인가 싶어 집무실 밖에서 고개를 갸웃거리고 있었다.

"이걸 왕궁에 전할 수 있도록 해줘."

"네! 주인님!"

소피아는 현수가 건네는 봉투를 공손히 받는다. 그리곤 살짝 무릎을 굽혀 예를 갖추고 뒷걸음질로 물러난다.

이 모습을 본 현수는 나직한 한숨을 쉬었다.

헥사곤 오브 이실리프는 본인의 환심을 사기 위해 조성된 공간이다. 이곳엔 밤시중을 위한 여섯 여인이 기거하고 있다.

이들의 시중을 들어줄 여인들과 이들에 의해 부림을 받는 여인들이 144명이나 있어 여자만 150명이다.

마탑주는 여섯 여인 이외에 나머지 여인들도 취할 수 있다. 현수는 궁녀가 150명인 궁궐에 사는 왕인 셈이다.

참고로, 조선시대에는 한 세대에 평균 600명의 궁녀가 존재했다. 영조 때 실학자 이익의 '성호사설[12]'에 기록되어 있다.

이 숫자는 왕이 있는 대전 외에도 왕대비, 또는 대왕대비, 동궁, 그 밖의 왕자와 공주궁, 그리고 후궁과 각 별궁에 소속된 여인을 망라한다.

---

12) 성호사설 : 성호(星湖)는 이익의 호이며, 사설은 작은 논설이라는 뜻. 저자가 40세 전후부터 책을 읽다가 느낀 점이 있거나 흥미 있는 사실이 있을 때 기록해 둔 것들을 그의 나이 80에 집안 조카들이 정리한 책.

또한, 왕의 사친13)의 사당을 지키는 여인도 포함이다.

헥사곤엔 왕대비와 대왕대비가 없다. 아울러 공주궁도 없고, 왕자궁도 없으며, 사당도 없다. 따라서 현수는 조선시대 왕에 버금갈 꽃밭 속에 있는 셈이다.

하지만 이들 중 하나도 취할 수 없다. 이미 다섯이나 되는 여인들이 있기 때문이다. 게다가 본인이 없을 때 헥사곤을 관장하는 여섯 여인은 너무 어리다.

그런데 방금 전 물러간 소피아는 눈빛을 반짝이며 자신을 바라보곤 한다. 마치 아이돌의 사생팬 같은 눈빛이다.

'흐음! 확실히 할 건 확실히 해줘야겠군. 그나저나 라세안이 친구는 대체 어디에 있기에…….'

라세안은 인간이 아니다. 그렇기에 다프네의 행방을 인간보다는 더 예민한 감각으로 찾을 수도 있을 것이다.

그런데 행방이 묘연하다.

"설마 아직도 몬스터 몰이를 하고 있는 건 아니겠지."

현수는 라세안에게 바세른 산맥 깊숙한 곳에 자리한 이실리프 자치령을 위해 모든 몬스터를 몰아내달라고 했다.

하여 제니스케리안과 더불어 작업한 바 있다.

덕분에 흑마법사들의 나라라 해도 과언이 아닐 브론테 왕국은 쑥대밭이 되어버렸다.

---

13) 사친(私親) : 대통(大統)을 이은 임금의 생가(生家) 어버이.

영지민들은 몬스터들을 피해 피난길에 올랐고, 흑마법사들은 전력을 다해 저지해야 했기 때문이다.

"흐음! 그럼, 자치령엔 다녀올까?"

현수는 자치령 인근 좌표를 확인했다.

아드리안 왕국이 전력을 다해 다프네를 찾기야 하겠지만 라세안의 감각만은 못할 것이기 때문이다.

"그 친구가 거기 있어야 하는데."

나직이 중얼거리고 텔레포트를 하려는 순간이다.

지이잉—! 지이이잉—!

품속의 수정 통신구에서 나지막한 소리가 난다.

현수는 세상 모든 마법사의 정점이다. 그리고 마법 통신구는 마법사 이외엔 구동 불가능이다. 그렇기에 위엄 넘치는 음성으로 물었다.

"…누구인가?"

"위대하신 로드! 소인 롤랑이옵니다."

통신 상태가 별로 좋지 않다. 너무 멀리 떨어져 있어서 이럴 것이다. 하지만 알아들을 건 다 알아들었다.

"롤랑? 아……! 그래, 무슨 일인가?"

"로드! 공작님께서 로드와 말씀 나누고자 하십니다. 잠시만 기다려주십시오."

"……!"

"사위! 날세. 로니안."

"네, 장인어른!"

로잘린과의 결혼이 확정되었으므로 헤어지기 직전에 이런 호칭을 쓰기로 약속했기에 전혀 거슬리지 않는다.

아무튼 미판테 왕국이 느닷없는 몬스터 러시로 몸살을 앓기 시작했을 때 현수는 각 영지를 돌며 그들을 퇴치했다.

그러는 동안 로니안 공작 일가는 라수스 협곡 쪽으로 이동했다. 테세린으로 귀환할 때 협곡을 가로지르는 것이 지름길이기 때문이다.

"우리는 여기 협곡 입구에 당도해 있다네. 언제쯤 와 줄 수 있으신가?"

"아! 그래요? 곧 가겠습니다. 롤랑을 불러주십시오."

"그러시게. 고맙네."

사위될 사람이지만 부려먹는 것이 부담스러운지 치사를 빼놓지 않는다.

잠시 후 롤랑의 얼굴이 수정구에 나타난다.

"말씀하십시오, 로드!"

"그곳의 좌표를 확인해서 알려주게."

"네! 잠시만요."

현수는 좌표 확인에 불과 10초 정도 걸린다.

하지만 롤랑은 겨우 4서클 마법사이다. 그렇기에 거의 5분이 지나고 나서야 좌표를 불러준다. 어쨌거나 좌표를 확인한 현수는 잊은 물건이 없나 확인하곤 입술을 달싹였다.

"텔레포트!"

샤르르르르릉—!

현수의 신형이 사라진 직후 누군가 집무실의 문을 두드린다.

똑, 똑, 똑!

"주인님! 저 들어가요."

문을 열고 들어선 이는 소피아이다. 아까와 달리 과감한 차림이라 몸매가 그대로 드러나 있다.

이곳 여인들은 발육이 좋은 편이다.

그렇기에 이제 겨우 17살밖에 안 되었지만 몸매는 글래머라 할 수 있을 정도이다.

그런데 아무도 없다.

맥이 빠진 소피아는 주위를 둘러보더니 연신 '주인님 어디 계세요?' 를 외친다. 그러면서 이 방문 저 방문을 다 열어본다. 혹시 어디 숨었단 싶은 모양이다.

하지만 사라진 사람을 어찌 찾겠는가!

"치이! 또 가셨나 봐."

소피아는 입술을 삐죽인다.

뿌리기만 하면 어떤 사내든 낚을 수 있다는 사랑의 묘약을 바르고 왔다. 특별히 거금을 들여 구매한 것이다. 씀씀이가 큰 공주의 한 달 치 용돈 전부를 지불했다. 그런데 유혹할 대상이 사라졌으니 마음에 들지 않아서이다.

"설마, 이번에도 몇 달 있다가 오시진 않겠지."

내심 불만스러웠으니 소피아는 감히 투덜대진 못한다. 그러기엔 너무도 높으신 분이기 때문이다.

같은 순간 현수의 신형은 라수스 협곡 입구에 당도하고 있다.

"아! 오셨습니까?"

현수의 신형이 드러나자 롤랑의 허리가 직각으로 꺾인다. 당연한 일이다.

"그래, 이곳엔 언제 당도했나?"

"어제 도착했습니다."

"그래? 그럼, 일찍 연락을 하지."

"그랬는데 통신구가 반응을 보이지 않았습니다."

현수는 고개를 끄덕였다.

롤랑에게 준 통신수정구는 상당히 고성능이다. 하지만 세상 전체를 커버할 수는 없다.

아르센 대륙이 있는 이 행성도 지구처럼 둥글다.

지구는 반지름이 약 6,371km이다.

지면을 평면이라 여기고 곡률을 계산해 보면 1km를 이동할 때마다 약 7.85㎝ 정도 낮아진다.

500㎞라면 39.25m 낮아지는 셈이다.

아르센 대륙 역시 둥글기에 곡률이 존재하고 통신수정구의 효력은 500㎞ 정도까지이다.

이곳 라수스 협곡의 입구로부터 멀린은 꽉 찬 500㎞이다. 그렇기에 간신히 통신이 가능했던 것이다.

만일 현수가 헥사곤이 아닌 아드리안 왕궁에 있었다면 연락되지 않았을 것이다. 거의 경계선상에 있었던 때문이다.

현수는 회색빛 로브를 걸친 롤랑을 바라보았다.

테세린의 영지마법사임을 알리는 스태프와 번개 그림이 수놓아진 것이다.

"그래! 그랬군. 공작님은 어디 계신가?"

"저기 저 여관에 계십니다."

롤랑이 가리킨 곳엔 허름한 여관이 있다. 사실은 여관이라 할 수도 없는 것이다.

라수스 협곡이 폐쇄되자 여관들은 거의 모두 폐업했다. 장사가 안 되기 때문이다.

그렇다 하여 전부가 문을 닫은 건 아니다. 몬스터 사냥꾼들과 심마니들이 있기 때문이다.

그런데 그들만 가지고 어찌 수지가 맞겠는가! 하여 여관은 여관이되 다 쓰러져 가는 여관만 남아 있다. 간신히 유지만 할 뿐 망가진 곳이 생겨도 보수할 돈이 안 벌리는 때문이다.

어쨌거나 인근엔 여관이라곤 하나뿐이다. 그렇기에 마음에 들지는 않지만 하룻밤을 묵은 것이다.

"가지!"

"네! 제가 모시겠습니다."

롤랑의 안내를 받아 여관 마당에 들어가니 로니안 공작 부부와 로잘린이 기다리고 있었다.

수행기사와 마법사들은 일제히 고개 숙여 예를 갖추곤 물러선다. 공작의 안위를 위해 수신하고 있었으나 이제부터는 그럴 필요가 없어진 때문이다.

"어서 오시게."

"늦어서 죄송합니다."

"아이고, 아닐세! 오느라 애썼으니 들어가서 좀 쉬시게."

"네에, 그러지요."

공작의 안내를 받아 안으로 들어가니 허름하지만 정갈한 탁자에 스튜와 스테이크 요리가 놓여 있다.

현수를 위해 긴급히 준비시킨 듯하다.

하여 막 자리에 앉으려는데 사내 셋이 황급히 들어오더니 곧바로 무릎을 꿇으며 군례를 올린다.

"충—! 위대하신 마탑주님께 인사드립니다. 이곳 마르헨 영지의 영주 다이칸 히킨스 반 마르헨 자작이옵니다."

"충—! 후마엔의 영주 헤롯 에드윈 폰 후마엔 자작이 위대하신 하늘을 알현하옵니다."

"충—! 롤리아의 영주 에드워드 지린 드 롤리아 남작이 드높으신 로드를 알현하옵니다."

"…반갑네. 일어서게."

"감사하옵니다."

"감히 명을 받자옵니다."

셋은 자리에서 일어서며 공손히 고개 숙여 다시 한 번 예를 갖춘다. 이때 로니안 공작의 설명이 있었다.

"후마엔과 롤리아는 이곳 마르헨의 이웃 영지이네."

"아! 그렇습니까?"

고개를 끄덕인 현수는 셋을 바라보았다.

히킨스 자작과 지린 남작은 마법을 익혔고, 에드윈 자작은 검술을 익힌 모양이다.

이들 세 영지는 나란히 위치해 있는데 라수스 협곡과는 자그마한 강 하나를 사이에 두고 있다.

예전엔 각각의 영지에 강을 건널 수 있는 다리가 하나씩 있었다. 그것을 건너 라수스 협곡을 지나 미판테 왕국 서쪽의 영지들과 교역을 했다.

그러던 어느 날 라이세뮤리안이 인간 출입금지를 선포했다. 수면기를 준비하던 때이다.

드래곤들은 자신들의 수면기를 방해받아 깨는 것을 극도로 싫어하기에 내린 선포이다.

몬스터들은 드래곤의 소변 냄새만 맡아도 질겁해서 도망친다. 게다가 웬만한 몬스터들은 상대도 안 될 가디언들까지 있다. 따라서 일반 몬스터들은 감히 접근도 못한다.

그런데 인간은 그러하지 않다.

욕심 사납고, 억척스러우며, 집요한 구석이 있다. 여기에 깡다구까지 갖춘 놈들도 있다.

이런 자들은 드래곤이 잠들어 있다는 걸 알면 레어까지 침범하여 금은보화를 훔쳐 가려 한다. 목숨을 잃을 수 있다는 걸 알지만 욕심을 이겨내지 못한 때문이다.

여러 번 유희를 했기에 라세안은 인간에 대해 어느 정도 알고 있었다. 그렇기에 수면기를 준비하면서 인간 출입금지를 명한 것이다.

예상대로 경고를 무시한 인간들이 침범했고 본때를 보여주었다. 거의 다 죽었고, 간신히 살아남은 자는 평생을 병신으로 지낼 큰 부상을 입었다.

그런데도 2차 침입이 있었다. 이때는 아예 씨를 말려 버렸다. 그들의 짓이겨진 시체는 협곡 밖으로 던져졌다.

그중 멀쩡한 시신은 단 하나도 없었다. 그 후론 어느 누구도 침범하지 못한 곳이 라수스 협곡이다.

그런데 그 기록을 깬 인간이 있었으니, 바로 현수이다.

그리고 라세안을 꺾었다. 그 결과 라세안 스스로 알아서 기어주는 중이다.

10서클 마스터에 그랜드 마스터이며, 보우 마스터인 현수의 마법과 무력도 무섭지만 무시무시한 위력을 지녔다는 핵배낭이 너무 무서워서이다.

어쨌거나 인간 출입금지가 선포된 그날 이후 다리를 건널일은 많이 줄어들었다.

세월이 흘러 후마엔과 롤리아 영지의 목교는 썩어서 무너져 버렸다. 남은 건 마르헨 영지에 있던 돌다리뿐이다.

세 영지의 약초꾼과 사냥꾼들은 이 다리를 건너 협곡 근처까지 다녀온다. 그래서 후지긴 하지만 여관이 있는 것이다.

마르헨의 영주 히킨스 자작은 어제 당도한 로니안 공작 일행을 맞이하느라 정신이 없었다. 영지가 생긴 이래 최고위 귀족의 방문이었던 때문이다.

이곳은 라수스 협곡 덕분에 국토 중앙부에 위치해 있지만변두리 취급을 받는 영지이다.

물류가 제대로 이루어질 수 없는 지리적 단점 때문에 다른영지에 비해 낙후되어 있기에 더하다.

토질 또한 척박하여 소출도 적다. 하여 늘 식량부족을 겪는다. 그런데 심심치 않게 몬스터까지 출몰한다.

비교적 사냥하기 쉬운 소형 몬스터라면 잡아서 부산물을 팔아 이득이라도 취할 수 있을 것이다. 그런데 불행히도 이 영지 인근에 사는 몬스터는 오거이다.

다리에서 협곡 입구까지 거리는 대략 4㎞ 정도 된다.

비교적 평탄한 지형인데 빽빽한 숲이 형성되어 있다. 너무 오랜 세월 동안 인적이 드물었던 까닭이다.

대부분의 몬스터는 먹잇감이 풍부한 협곡을 좀처럼 벗어나지 않지만 오거는 가끔 이곳을 드나든다.

언제부터인가 숲 속에서 살기 시작한 멧돼지나 사슴, 늑대 같은 짐승들을 잡아먹기 위함이다.

숲의 넓이에 비해 출현하는 오거의 숫자는 많지 않다. 그리고 빈번하지도 않다. 그러다 보니 짐승들의 개체수는 점점 늘어나 상당히 많은 지경이 되었다.

하여 사냥꾼들이 다리를 건너 사냥을 나서곤 하는데 자칫 재앙을 불러들일 수 있다. 오거를 피해 도주하는 것이 놈들을 유인하는 결과가 될 수 있는 것이다.

그렇다 하여 사냥을 막을 수도 없다. 영지에 필요한 육류와 가죽을 공급하는 일이기 때문이다.

하여 다리 앞에 높고, 튼튼한 석성을 쌓아 두었고 병사들을 배치했다. 언제 올지 모를 오거의 침입을 대비한 것이다.

숲의 제왕이라 불리는 오거는 최소한 기사 다섯 명이 달려

들어야 간신히 제압하거나 퇴치할 수 있다.

그리고 혼자 또는 둘이 돌아다닌다.

그렇다 하여 기사 열 명을 늘 상주시킬 수는 없다.

잡아봤자 가장 비싼 부산물이라 할 수 있는 가죽 대부분이 손상되기 때문이다. 힘줄과 뼈 등은 간신히 얻을 수 있지만 노력 대비 성과는 낮은 편이다.

그래서 발전하고 싶어도 발전하기 힘든 곳이다.

그러다 보니 영주성 자체도 후져졌다. 손보고 싶어도 재원이 부족하여 낡았기 때문이다.

어쨌거나 세 영지의 영주가 한자리에 모인 건 오래간만의 일이다. 각자 자기 영지를 건사하기에도 힘에 부치기 때문이다. 그럼에도 이렇듯 모인 건 새롭게 권력의 중심에 서게 된 로니안 공작을 뵙기 위함이다.

수도에서 승작식을 했지만 이들은 가지 못했다.

작위가 낮은 때문도 있지만 얼마 전에 있었던 몬스터 러시가 결정적 요인이다.

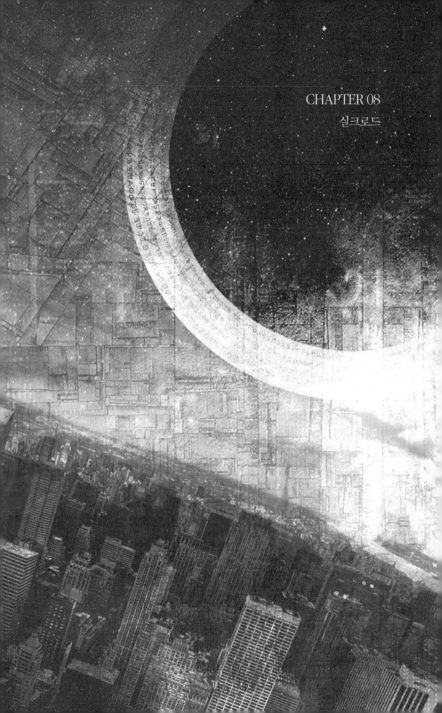

CHAPTER 08
실크로드

숲이 심상치 않다는 보고를 받고 지난 며칠간 이들 세 영지의 기사와 병사들은 다리 바깥 석성을 지키느라 잠도 제대로 자지 못했다.

협곡 인근에 서식하는 오거들의 수효는 대략 300여 개체인 것으로 파악되어 있다.

이는 사냥을 나섰던 사냥꾼들의 보고이다.

따라서 놈들을 막아내지 못하면 세 영지 모두 쑥밭이 된다. 그러니 전력을 다해 다리를 막으려 병력을 집결시켜 놓고, 대기했던 것이다.

아니나 다를까!

오거들의 공격이 시작되었다. 확인한 것보다도 오거의 수효는 많았다. 대략 400여 개체 정도 되었던 것이다.

놈들은 석성으로 몰려들었다. 강의 중심부의 수심은 대략 15m 정도 된다. 그런데 오거는 헤엄을 치지 못하며, 유속이 너무 빠르므로 강을 건널 수 없기 때문이다.

다행히도 석성은 오거들의 무지막지한 몽둥이질을 간신히 견뎌냈다. 이곳저곳 무너져 내리기 일보 직전인 곳도 있지만 어쨌든 견뎌내기는 했다.

하다하다 안 되니까 강을 건너려던 오거도 있었다.

하지만 모두 급류에 휘말려 익사했다. 덕분에 아주 말짱한 사체 여섯 구를 확보할 수 있었다.

아무튼 몬스터 러시가 끝난 후 각각의 영주는 병력을 되돌려 자신들의 영지로 되돌아갔다. 그러다 로니안 공작이 온다는 전갈을 받고 급히 되돌아온 것이다.

그리고 어젯밤, 세 영주는 놀라운 이야기를 들었다.

로니안 공작 일행이 하인스 마탑주와 함께 라수스 협곡을 가로질러 율리안 영지로 간다는 것이다.

지난 1천 년간 어느 누구도 지나가 보지 못한 길이다.

하여 전설처럼 전해지는 학살 사건을 이야기했다. 라수스 협곡을 지나가려던 왕자와 기사들 이야기이다.

그런데 로니안 공작은 조금도 겁내지 않는다. 하여 연유를 물었다가 기함할 듯 놀랬다.

라수스 협곡의 지배자인 레드 드래곤 라이세뮤리안과 마탑주가 친구 관계라는데 어찌 놀라지 않겠는가!

인간과 드래곤의 우정을 어찌 상상이나 했겠는가!

어쨌든 로니안 공작의 일행에는 이레나 상단뿐만 아니라 아렌시아 상단 관계자도 포함되어 있다.

공작의 영토로부터 수도에 이르는 실크로드[14]를 얻기 위함이다. 개척만 되면 돈을 쓸어 담을 수 있을 것이다.

테세린은 이웃국가인 테리안 왕국과의 교역이 가장 활발한 곳이라 미판테 왕국엔 없는 물건이 있기 때문이다.

게다가 승작하면서 하사받은 루데란 영지에선 질 좋은 철광석이, 마인테 영지에선 구리광석이 나온다.

이 밖에 영지전을 통해 차지한 예전의 유카리안 영지는 곡창지대일 뿐만 아니라 최고등급 마나석 광산까지 있다.

이것들을 독점적으로 거래할 수만 있다면 막대한 이익이 생길 것이다.

일행 중 하인스 상단을 대표하는 얀센이 빠진 이유는 이런 품목들을 거래하지 않을 생각이기 때문이다.

현수가 아르센 대륙에 와서 가장 먼저 만났던 케이상단도

---

14) 실크로드 : 비단길(Silk Road)이라고 일컫는데 고대 지나와 서역 각국 간에 비단을 비롯한 여러 가지 무역을 하면서 정치 · 경제 · 문화를 이어 준 교통로의 총칭.

빠져 있다. 이들은 테세린을 통해 테리안 왕국와 미판테 왕국의 교역을 독점적으로 수행할 것이다.

아울러 바세른 산맥 아랫자락에 조성되고 있는 이실리프 자치령과의 교역만으로도 많은 돈을 많이 벌게 될 것이다.

어쨌거나 공작은 세 영주에게 기사와 병사들을 이끌고 동행할 것을 권유했다. 도로를 내기 위함이다.

도로가 생기면 그 길을 따라 상단들이 이동하게 된다.

협곡 저쪽 율리안 영지에서 시작한 길은 이곳 마르헨 영지의 돌다리까지 이어지게 된다.

이것만 건너면 각각의 영지로 이동할 수 있다.

이렇게 되면 이들 세 영지는 새로운 물류의 출입구가 된다. 미판테 왕국을 동서로 잇는 통로 중 동쪽을 장악한 때문이다.

권유를 받은 세 영주는 황급히 도로공사를 준비토록 했다.

머리가 나쁘지 않기에 로니안 공작의 제안이 무엇을 의미하는지 금방 깨달은 때문이다. 하여 기사와 병사들은 물론이고 영지민들까지 몰려오고 있는 중이다.

현수는 세 영주를 일견하곤 로니안 공작에게 시선을 돌리며 물었다.

"제가 무엇을 드리면 되겠습니까?"

로니안 공작은 잠시도 머뭇거리지 않고 대꾸한다.

"출입증을 주었으면 하네! 각각의 영지에 하나씩이면 되네. 부탁하네."

라수스 협곡을 지나려면 가장 먼저 라세안의 허락이 있어야 한다. 다음은 1세대 드래고니안 마을의 허가이다.

드래고니안은 자신들이 인간보다 우월하다 생각한다. 따라서 허락 없이 돌아다니다간 이들의 분노를 살 수 있다.

현수처럼 무지막지한 무력을 지닌 존재가 아니라면 수십명에 달하는 소드 마스터를 어찌 감당해 내겠는가!

따라서 1세대 드래고니안의 허가가 필요하다. 이들의 후손들까지는 신경 쓰지 않아도 된다. 조상이 허가한 것을 아니라할 수는 없을 것이기 때문이다.

세 번째는 혼돈의 숲을 지나게 할 안내인이 있어야 한다.

안내인 없이 이 숲에 발을 들여놓게 되면 미로진 속에 갇힌 것처럼 헤매다가 말라죽게 될 것이다.

아무튼 이것들 모두가 가능하게 할 것은 현수가 제작하고 라이세뮤리안이 승인한 출입증 뿐이다.

공작과 이레나 상단, 그리고 아렌시아 상단에 각기 2개를 주기로 했다. 그런데 세 영지의 영주들에게도 주라는 뜻이다.

"도로를 만들려면 많은 재원도 들지만 세 영지는 너무 낙후되어 있네."

로니안 공작은 더 이상의 말을 하지 않았다. 출입증만으로도 돈을 벌 수 있다는 걸 충분히 짐작할 수 있기 때문이다.

예를 들어, 협곡 동쪽의 어떤 영지에서 긴급히 서쪽 영지로 가야 할 경우가 있다. 상단 파견일 수도 있고, 저쪽에 있는 것을 구해 와야 할 경우도 있다.

진통 효과가 있는 디오나이아의 열매 혹은 해독작용을 하는 쏘러리스의 간 등이 그것이다.

아니면 율리안 영지에서 제조한 질 좋은 무구이거나, 테세린의 특산물이 된 질 좋은 마나석 또는 엘리터 가죽이나 이빨일 경우도 있겠다.

전에는 이를 구하기 위해 국토의 최남단까지 갔다가 다시 북상해야 했다. 되돌아오려면 간 길을 되짚어야 하는데 때로는 1년 이상이 소요되기도 했다.

그런데 라수스 협곡을 통과하면 이 기간이 대폭 줄어든다.

따라서 출입증을 빌려주는 것만으로도 적지 않은 수수료를 챙길 수 있을 것이다.

평상시엔 협곡 내부로 들어가 만드라고라 같은 귀한 약초를 캔다든지 사냥을 할 수도 있을 것이다. 이는 라이세뮤리안이 허락해 준 일정 범위 내에서의 일이다.

현수는 세 영주의 간절한 표정을 읽을 수 있었다. 하여 고개를 끄덕여주었다.

"세 영지에도 출입증을 주겠네."

"아! 고맙습니다. 정말 고맙습니다."

지금은 세 영주만 좋은 일인 듯싶지만 반드시 그런 것만은 아니다. 이들 셋은 로니안 공작의 배려를 잊지 못할 것이다. 그 결과는 세 귀족의 전폭적인 지지이다.

누이도 좋고, 매부도 좋은 일이 일어나려는 것이다.

아무튼 현수는 간단한 식사를 마쳤다. 스테이크에선 심한 누린내가 났다. 다른 이들에겐 아무렇지도 않은 냄새이겠지만 현수는 역한 냄새 때문에 먹을 수가 없었다.

결국 후춧가루를 꺼냈다. 로니안 공작과 세실리아 공작부인, 그리고 로잘린은 역시나 하는 표정으로 고개를 끄덕였고, 후춧가루를 처음 접한 세 영주는 눈을 크게 뜬다.

처음 보는 물건인데 그 효능이 너무도 신묘했던 때문이다.

출입증과 도로 개설 이외엔 아무런 논점이 없는 관계이기에 화기애애한 분위기 속에서 식사를 마쳐졌다.

후식으로 나온 차는 너무도 밍밍했다. 하여 인스턴트커피를 돌렸다.

로니안 공작뿐만 아니라 세 영주 모두 깊고 그윽한 향과 달콤한 맛에 흠뻑 젖어든 듯 보인다.

'흐음, 하인스 상단의 다음 품목은 정해진 것 같군.'

환경보호를 위해 커피믹스는 제공하면 안 된다.

비닐포장 때문이다. 유리병에 담긴 커피와 크리머는 있으니 설탕만 준비하면 될 듯하다.

아공간에도 상당량이 있지만 아르센 대륙 전체를 상대하려면 상당히 많은 양이 필요할 것이기 때문이다.

그러고 보니 굳이 메이커 커피를 살 필요가 없다.

에티오피아는 커피의 본산지이다.

크리머와 설탕의 원료인 야자수와 사탕수수는 에티오피아뿐만 아니라 콩고민주공화국에서도 많이 난다.

공장을 짓고, 기술자만 고용하면 즉시 생산 가능하다.

조금 더 시간이 흐르면 아프리카에 소재한 이실리프 자치령에서도 이 모든 원료를 충분히 확보할 수 있을 것이다.

이 밖에 이실리프 군도에서도 이들 셋을 재배할 수 있을 것이다. 적도 인근이라 재배 여건은 충분하다.

'흐음! 커피, 크리머, 그리고 설탕 회사에 다니다 은퇴한 분들을 스카우트해야 하는군. 공장도 지어야 하고.'

메모하면서 현수가 중얼거린 소리이다.

2014년 현재 대한민국의 실업률은 약 3.4% 정도 된다.

일할 능력과 취업할 의사가 있는 사람 가운데 일자리가 없는 사람이 차지하는 비율이 실업률이다.

자세히 들여다보면 청년 실업자도 많지만 일할 수 있는 나이임에도 직장에서 밀려난 장년인도 많다.

특히 베이비부머 세대(1955~1963년생)가 그러하다.

의료기술의 발달로 기대수명은 100살로 늘어났는데 50대에 접어들자 직장에서 나가라고 눈치를 준다. 하여 베이비부머 세대 실업자들이 갑작스레 증가하는 추세이다.

거의 모두 재취업을 원하지만 전과 동일한 수준의 직장을 얻는 것은 하늘의 별 따기만큼 어렵다.

그래도 호구지책을 해결하여야 하므로 소규모 창업을 계획한다. 대표적인 게 음식점과 치킨집, 그리고 커피숍이다.

그런데 성공하는 이가 극히 드물다.

통계에 따르면 소규모 창업자 중 85%는 2년 이내에 망한다. 나머지 중 10%는 3년 이내에 망한다고 하니 거의 다 실패한다고 보면 된다.

다시 말해 소규모 창업을 하면 3년 이상을 버틸 확률이 불과 5%뿐이다. 그런데 이들 전부가 성공한다는 뜻은 아니다. 일부는 성공하지만 나머지는 버틸 힘만 얻었다는 것이다.

이렇듯 베이비부머 세대는 창업은 쉽지 않고, 취업은 하늘의 별따기인 세상을 살고 있다.

게다가 많은 돈이 필요한 자녀의 결혼 등이 목전인 경우가 많다. 그런데 직장에서 밀려나 수입이 끊긴 것이다.

연금을 수령하려면 아직 멀었는데, 수입이 없다면 어떤 일이 빚어질까?

거기에 벌어놨던 돈을 소규모 창업으로 모두 잃었으니 중산층이었던 가정이 급전직하하여 극빈층으로 주저앉게 된다.

2009년 통계청 자료에 의하면 베이비부머 세대 남성은 인구 10만 명당 62.4명이 자살했다. 20년 전 같은 연령대의 자살률(15.6명)보다 무려 4배나 많은 수치이다

이혼율도 증가 추세다. 2006년과 2009년을 비교해 보면 남성 이혼자는 34.8%, 여성은 53.2%나 늘어났다.

소리 없이 심각한 가정파괴 현상이 빚어지는 중이다.

사회적으로 아주 심각한 문제임이 분명하지만 어느 누구도 해결해 줄 수 없는 상황이다.

현수는 이들 은퇴자들을 재취업시키는 것이 서로에게 윈—윈이라 생각했다.

은퇴자 입장에선 살던 곳을 떠나 멀고 먼 곳으로 가야 하는 불편함이야 있겠지만 질 좋은 새 직장에 취업하여 안정적인 삶을 살 수 있다.

쾌적한 거주지를 아주 싼값에 제공받으니 한국처럼 수억 원이나 하는 부동산을 가질 필요가 없다.

부족한 것은 있겠지만 물가는 싸고, 오염되지 않은 환경에서 살 수 있을 것이다. 게다가 정년퇴직을 걱정하지 않아도 되니 노후 걱정은 한결 덜어지니 더 좋다.

현수 입장에서도 머리 좋고, 부지런하며, 일할 의욕이 넘치는 숙련된 기술자 내지 직원을 별다른 경쟁 없이 쉽게 뽑을 수 있다는 장점이 있다.

게다가 이직률은 고려하지 않아도 된다. 이실리프 자치령을 완전히 떠나지 않는 한 불가능한 일이기 때문이다.

재능과 적성에 따라 다른 일을 할 수는 있다. 다시 말해 이실리프 자치령 안에서는 이직이 가능하다는 뜻이다.

그래 봤자 현수의 손아귀 안에 있기는 마찬가지이니 이런 건 충분히 받아들일 수 있다.

'흐음, 숙련된 기술자들이니 젊은이들도 잘 가르치겠지?

청년실업률 또한 만만치 않은 곳이 대한민국이다.

2014년 3월 현재 10.9%이다.

전년에 비하면 2.2%나 상승한 수치이다. 이 수치엔 알바생, 취업포기자, 고시 및 공무원 준비자는 빠져 있다.

상당히 많은 수가 대학을 졸업함과 동시에 백수가 되기에 '**이십대 태**반이 **백**수'라는 말의 첫 글자를 딴 '이태백'이라는 신조어가 만들어질 정도이다.

하여 요즘 청년세대는 '3포세대'라 부르기도 한다.

'취업, 결혼, 출산'을 모두 포기했다는 뜻이다.

직장을 구하기 어려우니 결혼할 엄두가 안 나고, 출산을 하면 지출이 어마어마해진다. 여성의 경우엔 직장생활을 하기 어려워지기도 한다.

이렇듯 청년들은 취업이 어렵다는데 기업에선 인재 구하기가 어렵다고 투덜댄다.

근무여건을 떠나 월급은 쥐꼬리만큼 주고, 그것도 언제든 자를 수 있는 비정규직만 뽑으려는데 누가 가고 싶겠는가!

적절한 급여를 지불하고, 근무안정성이 확보된 정규직을 뽑겠다고 하면 기업에서 인재 구하기 어렵다는 말은 하기 어렵게 될 것이다.

그런데 기업에선 월급 나가는 거 줄이고, 조금이라도 마땅치 않으면 바로 자르려고 인턴십이라는 제도를 만들어냈다.

그 결과 청년들은 수개월간 이용만 당하고 쫓겨나기도 한다. 당연히 박봉이다.

이건 법으로도 개선시킬 수 없다.

하지만 이실리프 자치령은 가능하다.

여러 곳에, 그것도 각각 대한민국 영토보다 큰 자치령이 만들어지고 있다. 모두 사람이 사는 곳이니 각각 하나의 국가에 버금갈 구조를 갖춰야 한다.

향후 이실리프 자치령에서 대한민국의 취업희망자 거의 모두를 고용해 버리면 기업은 인력난에 허덕이게 된다.

사람이 필요해도 지원자가 없으니 전처럼 인턴십이나 비정규직 같은 단어를 쓸 엄두조차 못 내게 될 것이다.

급여는 물론이고, 근무여건까지 웬만하지 않으면 정규직으로 뽑는다 해도 갈 사람이 없을 것이기 때문이다.

그런데 베이비부머 세대와 청년층만 고통받는 것은 아니

다. 질 낮은 직장에 다니는 사람들과 '갑—을 관계' 때문에
이러지도 저러지도 못하는 사람도 많다.

예를 들어, 유업계 대리점주들이 그들이다.

자신들이 하는 짓이 부끄러운 줄은 알아 본사 건물에도 간
판을 달지 않는 어떤 업체가 있다.

참고로, 대한민국 유업계 빅3 안에 드는 기업이다.

이 업체에선 말도 안 되는 밀어내기와 부조리한 떡값 요구
등으로 대리점의 고혈을 빨았다. 그리고 본사의 젊은 직원은
나이 많은 대리점주에게 욕설까지 퍼부었다.

본사가 대리점에 빨대를 꼽고 쭉쭉 빨아먹으면서 덩치를
키웠다는 사실이 밝혀진 것이다.

이것뿐만이 아니다.

이 회사의 위탁 대리점주들도 신음하고 있다.

이들이 대형 마트나 백화점으로부터 받은 주문물량은 본
사를 통해 직접 공급된다. 지역 소매상인을 대상으로 영업하
는 일반 도매대리점과는 약간 다른 형태다.

그리고 이들의 주요 수입원은 판매알선 수수료다.

대형마트의 할인행사는 보통 위탁대리점 의사와 상관없이
전적으로 유통업체와 본사의 계약에 의해 이뤄진다.

계약이 되면 납품가가 싸져야 하는데 본사는 이 비용을 위
탁 대리점주들에게 부담시켰다.

판매알선 수수료를 받는 게 아니라 거꾸로 돈을 내놔야 하는 상황이 된 것이다. 반면, 본사는 단 한 푼의 손해도 보지 않고 매출에 따른 이익을 챙겼다.

이러한 사실이 알려지자 사회적 공분을 샀고, 곧바로 불매 운동이 벌어졌었다.

처음엔 뻔뻔스럽게도 고압적인 태도를 보였지만 매출 급감은 견딜 수 없었는지 생색내기 사과문을 발표했다.

그런데 이는 말뿐인 사과였다. 언론이 잠잠해지자 본사의 보복이 시작되었다.

본사의 밀어내기 횡포를 고발했던 100개 대리점 중 현재에도 영업을 하는 곳은 불과 30여 군데이다.

이들은 다른 대리점과 달리 높은 공급가를 적용받고 있다.

다시 말해 본사에 찍혀 다른 대리점보다 10% 정도 높은 가격을 주고 물건을 받는다. 자신들을 고발한 대리점들을 고사시키려는 의도일 것이다.

이런 회사는 망해야 한다.

또 다른 어떤 업체는 무상급식 우유와 관련하여 지자체로부터 대금회수가 늦어지자 대리점주들에게 대신 납부하도록 강요했다. 이것만으로도 불공정한 처사이다.

대리점에게 과실이 있는 것이 아니기 때문이다.

그런데 본사는 자신들이 지정한 날에 대금을 입금토록 하고, 하루라도 늦으면 근거도 없는 연 25%의 지체상금을 물렸다. 한마디로 갑(甲)의 횡포를 부린 것이다.

이 회사 역시 아주 뜨거운 맛을 봐야 한다.

유업계만 이런 건 아니다. 장업계 역시 본사의 횡포 때문에 대리점주들이 눈물 흘리고 있다.

화장품은 방문판매 사원의 능력이 매출에 중요한 요소로 작용된다. 각자가 개인사업자이지만 대리점 소속이다.

그런데 본사 마음대로 대리점 소속 판매사원들을 빼돌린다. 실적 좋은 판매사원들을 빼돌려 다른 대리점에 소속시키는 것이다.

그 결과 원래의 대리점은 매출부진이라는 직격탄을 맞게 된다.

이에 항의하자 본사는 영업부진 대리점주들에게 욕설을 하며 대리점 포기를 강요했다.

'갑의 횡포'를 넘어 '갑의 전횡'이었다.

참고로, 횡포는 '제멋대로 굴며 몹시 난폭하다'는 의미이고, 전횡은 '권세를 혼자 쥐고 제 마음대로 한다'는 뜻이다.

아무튼 이러한 내용이 담긴 녹음파일이 공개되자 그제야 사과하는 모양새를 취했지만 달라진 건 없다.

공정거래위원회에서 부당행위로 판단하고 해당 회사에 과징금을 부과한 것이 거의 전부이다.

이 회사는 방문판매 사원 전부를 빼돌려 아예 다른 화장품 회사에 배속시키는 처벌이 필요하다. 극심한 매출 부진을 자신들도 겪어봐야 정신을 차릴 것이다.

이 밖에 프렌차이즈 편의점과 치킨집, 커피전문점 등도 본사의 횡포와 전횡 때문에 '을(乙)의 눈물' 을 흘린다.

계약서에 명기된 일방적으로 갑이 유리한 내용 때문에 이러지도 저러지도 못하는 상황에서 손실을 고스란히 떠안아야 하기 때문이다.

부조리한 일들이 세상 밖에 알려질 때마다 '갑' 들은 시정하겠다는 사과문을 발표하지만 고쳐지는 건 거의 없다.

오히려 자신들의 비리나 부정이 밝혀지게 한 사람들을 찾아 보복을 가할 뿐이다.

한국의 여러 회사는 이런 방법으로 자신들의 몸집 불리기에 골몰한다. 이처럼 문제 있는 회사들은 징계를 받아야 마땅하다. 아니, 아주 강력한 철퇴를 가해야 한다.

사주와 경영진 전체에 대한 물갈이가 첫 번째이다.

아울러 부당행위를 저지른 당사자 역시 전원 파면 및 손해배상청구 등의 징계를 가함이 옳다. 다음은 부당행위로 인해 손해를 입게 된 '을' 의 손실을 보전해 주는 일이다.

이럴 수 없다면 그대로 망하게 하고 과실 없는 직원들만 다른 회사로 이직시키면 된다.

아직은 아니지만 조만간 가능한 일이 된다. 이실리프 자치령이 완성되어 가면서 저절로 이루어질 일인 것이다.

현수는 마음만 먹으면 이 세상 어떤 회사보다도 규모가 큰 회사를 설립하고 운영할 수 있다.

2014년 3월 현재 '애플'의 시가 총액은 약 512조 원이다.

2위인 '구글'은 약 400조 원이며, 대한민국 시총 1위 '삼성전자'는 약 200조 원 규모이다.

현수의 아공간에는 이들 회사 전부를 10번 이상 사고도 남을 금액이 담겨 있다.

금괴의 경우는 소환마법진만 구현시키면 수천 번이라도 반복해서 매각할 수 있다. 다시 말해 써도써도 마르지 않는 황금의 샘이 있는 것과 같다.

그러므로 대한민국의 유업계와 장업계 전체를 완전히 말려버릴 능력이 되고도 남는다.

현재 우유 1,000㎖의 소매가격은 1,400~1,500원 정도 된다. 그런데 이실리프 축산에서 이를 400~500원에 판다면 어떤 일이 빚어질까?

유업계가 붕괴되는데 채 1년이 걸리지 않을 것이다.

모두가 단합해도 가격경쟁조차 할 수 없다. 자신들의 출고가보다 현수의 소매가가 더 싼데 어찌 이기겠는가!

생각이 여기게 미치자 현수는 추가 메모를 했다.

이실리프 정보에 명하여 부조리한 것들을 개선시키려는 것이다. 돈 있는 자들이 서민들의 피를 빨아 점점 더 부자가 되어가는 꼴을 두고만 볼 수는 없기 때문이다.

현수는 자각하지 못하고 있지만 이런 개선작업은 곳곳에서 이루어지는 중이다.

현재 거품이 끼어 있던 부동산의 가치가 점점 하락하는 중이다. 많은 사람이 대한민국을 떠나 이실리프 자치령으로 이주하면서 자연스레 빚어지는 일이다.

2014년 3월 현재, 서울 마포구에 건설되고 있는 모 아파트는 34평형의 전세금이 4억 7천만 원이나 된다.

강남구 대치동 개포아파트와 선경아파트의 전세가 평균은 34평형이 7억 1천만 원이다.

한국은 국토는 좁고, 인구밀도는 높다. 게다가 전 국민의 절반이 수도권에 집중되어 있다.

당연히 부동산 값이 높을 수밖에 없다. 그래도 너무 높다.

뉴질랜드, 호주, 브라질, 프랑스, 독일, 미국, 영국, 스페인 등에선 이 돈으로 주차장과 수영장이 딸린 더 널찍하고, 훨씬 더 쾌적한 저택을 살 수 있다.

촌구석 시골이 아니라 뉴욕, 시드니, 런던 같은 대도시가 그러하다.

그런데, 대한민국은 초저출산율 국가 세계 1위이다.

통계자료를 보면 남, 여 두 사람이 결혼하여 1.2명의 아이를 출산한다고 되어 있다.

1970년엔 약 100만 명의 아이가 태어났다. 그런데 2013년엔 불과 43만 명이 태어났을 뿐이다.

이제 시간이 흐를수록 인구는 줄어들게 된다.

인간답게 살 권리 따윈 깡그리 무시하고, 지나친 경쟁에서 이겨야만 살 수 있도록 사회구조를 만들어놓은 탓이다.

현수는 콩고민주공화국, 러시아, 몽골, 에티오피아, 우간다, 케냐에 조성될 이실리프 자치령으로 갈 한국인 수를 대략 500만 명 정도로 예상하고 있다.

이주를 원하는 사람이 많으면 1,000만 명이 넘을 수도 있다. 어쩌면 1,500만 명이 될 수도 있다.

전체 인구의 10~30% 정도가 10년도 안 되는 짧은 기간 사이에 보유하고 있던 부동산을 모두 매각하고 해외로 이주한다면 어떤 일이 빚어질까?

먼저 부동산의 가치가 대폭 하락하게 될 것이다. 수요보다 공급이 많으니 당연한 일이다.

부동산을 투기의 대상으로 여겨 집을 여러 채 소유하던 자들은 직격탄을 맞게 될 것이다.

아울러 부동산을 담보로 잡고 대출을 해줬던 은행들은 가계부채가 줄어들면서 수익성이 크게 낮아질 것이다.

그동안 한국의 은행들은 아주 이기적인 영업을 해왔다.

예를 들어, 한국은행에서 기준금리를 0.25% 낮추면, 기다렸다는 듯 예금 및 적금 금리를 최대한 끌어내린다.

심한 곳은 1.9%나 내렸다. 8배에 가까운 수치이다.

반면 대출금리는 아주 찔끔 내려준다.

기준금리가 0.25%나 낮춰졌으니 대출 금리 또한 그 정도 낮춰주는 것이 마땅할 것이다.

하지만 은행들은 가계부채의 대부분을 차지하는 주택담보대출의 금리를 겨우 0.02~0.09%만 인하했다.

이쯤 되면 칼만 안 들었지 날강도나 다름없다.

앞으로 은행들은 높았던 문턱을 대폭 낮추고, 합리적인 이윤을 추구하는 한편, 진정한 서비스 정신을 갖지 못하면 도태될 것이다.

혹자는 금융에 문제가 발생되면 혼란이 발생될 수 있다고 할 것이다.

하지만 이실리프 뱅크가 있으니 크게 문제될 일은 없을 것이다. 시간이 흐르면 시중은행 전체의 합보다도 거대한 은행이 되어 있을 것이기 때문이다.

인구가 줄면 대학 경쟁률도 대폭 하락하게 된다.

입학정원을 채우지 못하는 곳이 많아질 것이니 하위권 대학은 경영난을 겪게 될 것이다.

이때 이실리프 그룹은 망해가는 대학들을 골라서 살 예정이다. 물론 아주 싼값에 살 것이다.

이실리프 그룹은 자선단체가 아니라 영리를 추구하는 업체이기에 최대한 후려친 가격에 매입하려 애쓸 것이다.

많은 사학이 본질인 교육은 뒷전에 놓고 이익만을 추구했다. 따라서 후한 값을 주고 사줄 이유가 없는 것이다.

이렇게 매입한 대학들은 전부 '이실리프 대학교'가 된다.

예를 들어, 이실리프 대학교 부산 캠퍼스, 이실리프 대학교 광주캠퍼스, 이실리프 대학교 인천 캠퍼스 같은 명칭이다.

졸업할 땐 이런 구분 없이 이실리프 대학교라는 것만 명기된다. 대학의 서열화를 막기 위한 조치이다.

이 대학들은 써먹지도 못할 이론만 가르치는 학교가 아니라 실제 업무에 도움이 될 현실적인 것들을 교육하게 된다.

그리고 이실리프 그룹은 대놓고 이 대학 졸업자들을 최우선적으로 뽑겠다고 선언할 것이다.

물론 능력이 안 되는 자들은 뽑지 않는다.

교육부나 법무부 또도 행정부 등으로부터 부당한 압력이 들어오면 아예 학교 인가를 취소시킨다.

그리곤 이실리프 직업교육원 정도로 개칭한다.

이실리프 그룹에선 군이 대학교 졸업이란 타이틀을 원하지 않기 때문이다.

어쨌거나 최우선적으로 이실리프 계열사에 취업시키겠다고 하면 지원자는 많을 것이다.

다른 어떤 재벌의 계열사보다도 안정감 있다 여길 것이기 때문이다. 회사의 규모 자체가 큰 것도 이유이지만 그보다는 입사 후의 여러 불편부당한 일들이 없기 때문이다.

진급시험이란 건 아예 없고, 상사에게 아부해야 할 일 또한 없을 것이다.

어쨌거나, 이렇게 되면 기존의 문제 많은 사학은 막대한 타격을 입게 된다. 특히 엄청난 현금을 쌓아놓고도 매년 등록금을 인상하던 대학들이 그러하다.

2013년 자료를 보면 적립금 1위 대학엔 약 7,968억 원이 쌓여 있다. 그런데 이 대학의 등록금은 전국 2위이다.

적립금 서열 3위인 대학엔 약 5,113억 원이 쌓여 있다. 이 대학의 등록금은 전국에서 가장 비싸다.

이들 두 대학의 공통점은 신촌에 있다는 것이고, 교정 내에 친일파 동상이 버젓이 세워져 있다는 것이다.

참으로 한심한 노릇이다!

이 밖에 많은 대학이 문제점을 가지고 있다.

예를 들어, 청소해 주시는 분들을 홀대하는 대학이 있다.

학생들의 인성을 길러주는 대학교에서 행하기엔 너무 과한 처사이다. 따라서 이런 대학들은 막대한 타격을 입어야 하고, 최종적으론 폐교당해 마땅하다.

　이렇듯 한국의 사립학교는 많은 문제를 안고 있다.

　설립자가 친일파이거나, 재단에 문제가 있는 학교가 많다.

CHAPTER 09
역시 마탑주이십니다!

예를 들어, 서울 성북구에는 문제 있는 고등학교가 있다.

이 학교에선 뇌물을 받고 학교 공금을 빼돌리는 비리가 저질러졌다. 담당자인 행정실장은 업무상 횡령과 배임수재 혐의로 실형을 선고받았다. 당연히 파면 조치를 취해야 함에도 행정실장은 이전처럼 계속 근무하였다.

학교재단이 행정실장을 퇴직시키지 않았음이 드러나자 서울시교육청은 재단이사장의 임원 승인을 취소했다.

이 모든 것은 한 교사의 공익제보에서 비롯된 것이다.

이에 학교는 공익제보자 색출에 나섰다. 누구인지 밝혀지자 곧장 보복이 시작되었다.

그 교사는 성과급 지급 대상자에서 빠졌고, 초스피드 징계 절차를 밟아 파면 조치되었다.

개학 이틀 전에 고3 담임을 자른 것이다.

자신들의 잘못을 반성하고, 잘못된 것을 고치려는 의지는 전혀 없다. 이런 것들은 교육 일선에 존재해선 안 된다. 그러므로 국가의 장래를 위해 이들 모두 고사시켜야 한다.

시작점이 잘못되었으니 지우고 다시 출발토록 해야 한다.

물론 시작점을 찍은 사람들과 그들을 추종하는 무리는 철저히 배격되어야 할 것이다.

대다수 학생이 전학 가고, 비리에 물들지 않은 교사들 또한 다른 학교로 이직하게 되면 자연스레 벌어질 일이다.

대놓고 이실리프 그룹과 이실리프 대학에서 그 고등학교 출신자를 뽑지 않겠다고 하면 된다.

혹자는 돈 많다고 법을 무시하는 전횡을 부리는 것 아니냐며 투덜거릴 수 있다. 그런데 대한민국의 법은 일부 극소수 부자들만을 배려한 법이다.

힘없는 서민들이 수탈을 당하든 말든, 억울한 일을 겪든 말든 아무런 배려가 없다.

오죽하면 '유전무죄 무전유죄'라는 말이 있겠는가!

위키백과사전을 펼쳐보면 '법률소비자연대의 조사에 따르면 국민의 80%가량이 유전무죄, 무전유죄에 동의한다' 는 내용이 명기되어 있다.

이는 대한민국 사회의 사법부와 검찰에 대한 불신이 매우 크다는 것을 의미한다.

1990년 이후 대한민국 내의 10대 재벌 총수 중 7명은 모두 합쳐 23년의 징역형을 선고받았다.

이들은 형이 확정된 후 평균 9개월 만에 사면을 받았고, 모두 현직에 복귀한 바 있다.

그야말로 돈 있다고 솜방망이 처벌을 내린 것이다.

'대한민국은 자유민주주의 국가이며, 법 앞에 만인이 평등하다'고 헌법에 명기되어 있다.

그런데 현실은 그러하지 못하다.

어떤 사람이 15만 원을 훔쳤다. 이에 법원은 징역 3년을 선고했고 즉시 구속 수감했다.

비슷한 시기에 모 재벌의 총수는 위장계열사의 빚을 계열사가 대신 갚는 방식으로 회사에 손실을 끼쳤다.

이는 특경법상 배임이며, 피해액은 무려 1,585억 원이나 된다. 그런데 징역 3년에 집행유예 5년이 선고되었다.

15만 원을 훔친 사람은 3년간 감옥에 갇혀 있는데, 1,585억 원의 손실을 끼친 사람은 그대로 풀려난 것이다.

배임은 타인의 사무를 처리하는 자가 그 의무에 위반하는 행위로써 재산상의 이익을 취득하거나 제3자로 하여금 이를 취득하게 하여 본인에게 손해를 가하는 행위를 말한다.

재벌총수는 배임하여 회사에 엄청난 손실을 끼쳤다. 주식회사이니 주주들이 손해 입은 당사자라 할 수 있다.

그런데 거의 무죄나 다름없는 판결이다.

이게 어찌 법이 만인 앞에 평등한 것인가!

소크라테스는 '악법도 법이다' 라며 독약을 마셨다지만 이는 어리석은 짓이다.

법이 이렇듯 무의미하고 편향적이라면, 공정한 처벌을 기대하기보다는 최대한 이용하는 편이 유리하다.

현수는 부자이다.

그것도 그냥 부자가 아니라 인류역사상 최고의 부자이다.

법이 사회 부조리들을 공정하게 해결해 주지 못한다면 돈으로 법 위에 군림하면 된다.

살인이나 강도, 배임이나 횡령, 세금 포탈, 뇌물공여 같은 범죄행위가 아니니 지탄받을 일도 아니다.

◎ 이실리프 대학교에서는 아무리 공부를 잘해도 학창시절에 다른 학생에게 폭력을 휘둘렀거나, 금품을 갈취한 자는 뽑지 않겠다.

◎ 이실리프 대학교에서는 문제 있는 고등학교 졸업자들은 받

아들이지 않겠다.

◎ 이실리프 그룹은 이실리프 대학교에서 공부한 사람들 중 군 복무 또는 대체복무를 성실히 이행한 사람들로만 채우겠다. 여성 과 장애인의 경우는 사회봉사 시간이 일정시간 이상이어야 한다.

◎ 이실리프 그룹에서는 특정 종교에 심취한 사람은 단 하나도 뽑지 않겠다. 나중에라도 그 종교에 빠져 타인을 불편하게 하면 오지 발령을 내 스스로 그만두게 하겠다.

◎ 이실리프 그룹에서는 특정 사이트 회원은 뽑지 않겠다. 나 중에라도 그 사이트에 가입하여 활동하면 컴퓨터가 없는 곳으로 발령 내겠다.

◎ 이실리프 그룹에서는 특정 종교에 심취한 자와 특정 사이트 에서 활동하는 자가 있는 회사와는 거래하지 않겠다.

◎ 이실리프 뱅크에서는 특정 종교에 심취한 자와 특정 사이트 에서 활동하는 자에겐 예금 및 대출을 거절하겠다.

이런 정도라면 손가락질을 하기 어려울 것이다.

그래도 공정거래법 운운하면서 태클을 걸면 회사 전체를 외국에 소재한 이실리프 자치령으로 이전시키면 될 일이다.

아무튼 인구가 줄어듦은 소비자 또한 감소함을 의미한다.

따라서 거의 모든 업종이 된 서리를 맞은 것처럼 움츠러들 게 될 것이다. 이렇듯 급변하는 사회에 제대로 적응하지 못하는 기업들도 도태될 것이다.

그때가 되면 쓸 만한 것들만 골라서 매입한 뒤 체질개선을 계획한다. 특히 사회적 물의를 빚어내는 기업들은 모조리 골라내서 지워야 한다.

부동산 가격이 싸지고, 학원비 지출이 줄어들면 가계부채 또한 줄어든다.

이자 부담이 덜어지니 재산 형성이 보다 쉬워질 것이고, 씀씀이는 커질 것이다. 자연스레 위축되었던 경제가 어느 정도까지 회복될 것이다.

팍팍하기만 하던 삶에 윤활유를 두른 것처럼 여유가 생기면 출산율이 상승하게 된다. 따라서 줄어든 인구가 원상으로 회복되는 데 그리 오랜 시간이 걸리진 않을 것이다.

현수가 이런저런 생각을 하면서 메모를 하자 로니안 공작과 세 영주는 입을 다문 채 조용히 기다렸다.

감히 마탑주의 일을 방해할 수 없었기 때문이다.

이것저것을 메모하던 현수는 주변이 조용함을 느끼고 고개를 들었다.

'이런……!'

대화를 하다 다른 생각에 너무 깊이 잠겨 있었음을 깨달은 현수는 짐짓 아무렇지도 않은 표정을 지었다. 그러다 문득 번

개처럼 떠오르는 생각이 있었다.

"내가 주는 출입증이 있으면 몬스터들이 달려들지 못할 것이네."

"그게 무슨 말씀이십니까? 출입증 자체에 어떤 힘이라도 있는 겁니까?"

"출입증에 드래곤 피어 마법진을 그려 넣으면 어떨까 생각했네. 필요할 때만 작동되도록 하면……."

현수의 설명이 끝나자 모두가 나직한 탄성을 낸다.

"아……!"

방금 전까지 출입증을 어떻게 만들 것인지에 대한 구상을 하고 있었던 것으로 느껴진 때문이다.

"감사합니다, 마탑주님!"

"신경 써 주셔서 대단히 감사합니다."

"소중히 잘 보관토록 하겠습니다."

영주들이 앞다퉈 고개 숙이며 예를 취한다.

이제 라수스 협곡을 드나들 수 있는 출입증은 다른 용도로도 사용될 수 있게 된다.

드래곤 피어 마법진이 구현되면 근처엔 어떠한 몬스터들도 접근하지 못하기 때문이다.

오거는 물론이고 드레이크를 만나도 안전하다.

심지어 그리폰이나 와이번 같은 비행 몬스터들도 다가오

지 못하게 된다.

바다에선 확인되지 않았지만 레비아탄이나 씨 서펀트에게 효과가 있을지도 모른다.

물론 막무가내인 크라켄은 제외이다.

본능만 남은 놈인데다가 천성이 흉포하고, 반쯤 먹이에 미친놈이기에 빼는 것이다.

어쨌거나 출입증은 몬스터들이 출몰하는 지역으로 갈 때 아주 유용하게 쓰일 수 있다.

어쩌면 몬스터가 우글거리는 고대 던전을 제집 드나들 듯 그렇게 오갈 수 있는 기능이 있을지도 모른다.

출입증에는 여러 마법진이 그려진다. 따라서 각각의 영주들은 이것들 되돌려 받는 걸 염려하지 않아도 된다.

드래곤 피어 마법진 이외에도 마나 집적진과 트랜스 페어런시 마법진이 그려지게 된다.

출입증의 효능이 반영구적이 되도록 하기 위함이고, 누군가의 복제를 미연에 차단하기 위한 조치이다.

이 밖에 귀환마법진 또한 그려진다. 언제든 시동어를 외치면 영주의 손바닥 위로 돌아오게 되어 있다.

영주 본인이 시동어를 망각하는 바보가 되지 않는 이상 도난을 걱정하지 않을 방법이 마련된 것이다.

"마음 써주어 고맙네. 그나저나 오늘은 늦었으니 내일 아

침 일찍 떠나는 건 어떻겠는가?'

그러고 보니 석양이 뉘엿뉘엿 지고 있다. 현수 본인은 상관 없지만 뒤따를 기사와 병사, 그리고 작업인부들은 아니다.

빛 한 점 없는 숲으로 들어가면 전부를 보호해 줄 수 있다 고 장담 못한다.

통제를 벗어나는 인간이 꼭 있기 때문이다.

"…그러지요. 내일에 아침 일찍 출발하시지요."

로니안 자작이 라수스 협곡을 거쳐 테세린으로 가고 싶다 고 했을 때 흔쾌히 고개를 끄덕여 준 것은 텔레포트 마법을 염두에 두고 있었던 때문이다.

다프네 마을과 켈레모라니가 영면에 든 호수, 그리고 몇몇 경치 괜찮은 곳과 드래고니안 마을만 들릴 생각이었다.

그런데 갑자기 인원이 대폭 늘어났다. 이들 전부를 데리고 텔레포트를 하자고 마음먹으면 못할 일은 아니다.

28,000명을 코리아도에 데려다 놓는 작업도 했으니 그에 비하면 월등히 쉽다.

그런데 그렇게 되면 상단이 오갈 도로를 닦을 수 없다. 내 심 한숨이 나온다. 하지만 어쩌겠는가!

로니안 자작은 예비장인이고, 로잘린은 예비신부이다.

바라는 대로 해줄 수밖에 없다. 그렇기에 고개를 끄덕여 주었다.

"고맙네. 그럼 오늘은 일찍 쉬시게."

"네, 그러시죠."

여럿에 둘러싸여 있느니 혼자 있는 게 편하다.

하여 고개를 끄덕이는데 여관 주인이 와서 안채를 깨끗이 청소했다고 한다.

보나마나 나무로 만든 침상에 지푸라기를 깔고 천을 덮은 침대일 것이다. 사방 벽에는 벌레들이 우글거릴 것이고, 서까래 위에는 쥐새끼가 있을지도 모른다.

"저는 제가 쓰는 숙소가 따로 있습니다. 그러니 저에 대한 신경은 안 쓰셔도 됩니다."

"아! 그런가?"

로니안 공작과 세 영주는 대체 어떤 숙소인지 궁금하다는 표정을 짓는다. 할 수 없이 여관 뒤쪽 공터로 갔다. 잡초만 무성했던 곳인 듯싶다.

[아리아니! 노에디아 불러서 여기 땅 좀 편평하게 하라고 해줄래?]

[물론이에요, 주인님!]

잠시 후 다소 울퉁불퉁하던 지면이 유리면처럼 편평해진다. 사람들은 마법이라 생각했는지 놀랍다는 표정이다.

이런 마법이 있다는 건 생각해 보지도 못한 때문이다. 그러거나 말거나 현수는 아공간을 열었다. 그리곤 침실로 꾸민 취침용 컨테이너를 꺼냈다.

이것엔 항온마법과 공간확장마법, 그리고 에어 퓨리파잉 마법이 적용되어 있다. 지구에서 숙소가 마땅치 않은 상황일 때 쓰려고 준비해 둔 것이다.

지구에서는 지현과 연희, 그리고 이리냐와 함께 움직일 수도 있다. 하여 두 개의 킹사이즈 침대가 들어 있다.

이 밖에 소파 한 세트가 있다. 물론 아주 푹신한 것이다. 화장대는 3개가 있다. 넷이 함께 움직일 수도 있기 때문이다.

천정엔 라이트 마법진이 있어 따로 전등이 필요 없다.

그럼에도 컨테이너의 위에는 무소음 휴대용 발전기가 설치되어 있다. 헤어드라이어나 고대기를 써야 하는 경우도 있기 때문이다. 가끔은 컴퓨터를 쓸 수도 있다.

화장대 곁에는 작은 냉장고가 있다. 음료수도 보관 가능하지만 주 용도는 화장품 보관용이다.

안에는 슈피리어 듀 닥터 세트가 들어있다.

바닥엔 푹신한 양탄자가 깔려 있다. 집먼지 진드기 같은 벌레나 먼지는 신경 쓰지 않아도 된다.

양탄자 아래에 클린마법진이 그려져 있기 때문이다.

현수가 컨테이너를 꺼내놓자 공작 등은 눈을 크게 뜬다. 너무도 정갈한 때문이다.

이때 또 하나의 컨테이너를 꺼냈다.

이번엔 위생용 컨테이너이다. 셋이 동시에 샤워할 수 있고, 커다란 욕조도 있어 다 함께 목욕도 가능하다.

곁에는 건식사우나도 있다. 보일러를 사용하거나, 전기를 쓰는 게 아니라 항온마법진이 적용된 것이다.

이외에 두 개의 화장실도 있다. 샤워 후 옷을 갈아입을 수 있도록 전실 또한 마련되어 있다. 거울이 붙어 있어 간단한 화장이 가능하며, 옷장을 열면 샤워가운 등이 준비되어 있다.

이 컨테이너의 위에는 물탱크가 올려져 있다.

항온마법진이 그려진 파이프를 통과하는 동안 물이 덥혀지도록 되어 있다.

마지막은 주방용 컨테이너이다. 싱크대와 냉장고가 있다.

가스레인지가 있을 자리엔 온도 선택이 가능한 항온마법진이 그려져 있다. 양문형 냉장고 3개 모두 항온마법진이 그려진 것이다.

세 개의 컨테이너를 구경한 로니안 공작과 세실리아 부인, 그리고 로잘린과 세 영주는 입을 딱 벌린다.

한 번도 보지 못한 기물(奇物) 때문이다. 특히 욕실의 전신 거울과 희디흰 샤워가운은 세 영주의 혼을 쏙 빼놨다.

그제야 자신이 걸치고 있는 의복이 얼마나 꾀죄죄하고 더러운지 깨달았다.

"이런 세상에……! 역시 마탑주님이십니다."

"네에, 정말 감탄했습니다. 어떻게 이런 것들을……."

차마 뒷말을 이을 수 없는지 말끝을 흐린다.

"공작님과 공작부인을 위해 하나 더 꺼내놓겠습니다."

"우리… 것도 있나?"

공작은 자신들도 호사를 누릴 수 있다는 말에 눈을 크게 뜬다. 세실리아 공작부인도 사뭇 기대된다는 표정이다.

현수는 아공간에 있던 취침용 컨테이너 하나를 더 꺼냈다.

이것 역시 항온마법진과 공간확장마법, 그리고 청결마법과 라이트 마법이 적용된 것이다.

퀸사이즈 침대는 두 개가 있지만, 화장대와 냉장고는 하나뿐이다. 바닥의 양탄자까지 비슷하다.

다른 것은 침구의 색깔이다.

현수 쪽은 단색인데 파스텔톤 자주색과 주황색이다.

로니안 공작 부부를 위해 꺼내놓은 건 연한 밤색에 흰색 동그란 점이 그려진 것이다. 베개까지 세트로 되어 있어 상당히 고급스런 분위기를 연출한다.

세실리아 부인은 말하지 않았음에도 신발을 벗고 컨테이너 안으로 들어선다. 구두를 신고 들어가는 곳이 아님을 느낀 듯하다.

"테세린에 도착할 때까지 사용하십시오."

"고, 고맙네! 세상에……."

가볍게 고개를 끄덕인 로니안 공작은 말도 끝내지 않고 안으로 들어가 두리번거린다. 물론 신발은 벗었다.

이곳으로부터 테세린까지는 아무리 적게 잡아도 두 달 이상은 걸릴 것이다. 그동안 쓰라고 했으니 적어도 그 기간 동안은 본인이 주인인 셈이다.

그런데 왕궁에서도 보지 못했던 정갈함과 깨끗함, 그리고 화려함과 고아함에 뭐라 할 말을 잃은 것이다.

"어머! 여보……! 여기 앉아 봐요."

침대에 앉아본 세실리아 공작부인이 그 푹신함에 놀란 듯 저도 모르게 소리치자 로니안 공작은 체면도 잊은 듯 얼른 그 곁에 털썩 주저앉아 본다.

"으잉……?"

푹신하면서도 견고하게 받쳐주는 느낌이다. 태어나서 한 번도 못 느껴본 촉감이다. 하여 이게 뭔가 하는 표정을 짓는다. 이때 세실리아 공작부인이 또 한 번 소리친다.

"어머! 여보……!"

이번에는 또 뭐냐는 표정으로 바라보는 로니안 공작이다. 전혀 품위 없는 모습이다.

이쯤이면 일국의 공작이 아니라 출삭대는 방자이다.

"뭔데 그래?"

"이거, 이거 한번 봐요."

공작부인은 밤색 바탕에 흰 동그라미가 그려진 이불을 들추고 있다.

"이거……? 으잉! 가볍네. 뭔데 이렇게 가볍지?"

공작은 부피에 비해 너무도 가벼운 이불이 놀랍다는 듯 이렇게 저렇게 들어본다.

이때 공작부인은 이불의 겉을 보여준다.

"아뇨! 여기 이 동그라미를 보라구요. 보세요. 전부 똑같아요. 어떻게 이렇게 그릴 수 있죠? 수를 놓아도 이렇게는 못해요. 어머, 어머! 어머머머! 정말 똑같아요."

공작부인은 이불 겉면의 동그라미들이 정말 다 똑같은지 확인하려는 듯 이 잡듯 뒤져본다.

"……! 그렇군."

부인의 말에 시선을 돌렸던 공작 역시 수없이 많은 완벽한 원을 보고 놀랍다는 표정을 짓는다.

이때 현수가 나섰다.

"주무시기 전에 샤워부터 하시길 권합니다."

"샤워……? 그건 뭔가?"

"씻는 겁니다. 설명해 드릴 테니 따라오십시오."

"…그러지."

공작이 일어서자 세실리아 부인 또한 호기심 어린 표정으로 따라나선다. 입구에서 내부를 구경하고 있던 세 영주 또한 기대된다는 표정이다.

현수는 위생용 컨테이너로 가서 샤워기 사용법을 알려주었다. 꾹꾹 누를 때마다 조금씩 나오는 바디샴푸와 헤어샴푸 사용법을 알려주자 몹시 신기하다는 표정이다.

잠시 후, 공작 부부는 따뜻한 물로 샤워했다. 그러는 사이에 둘이 벗어놓은 의복을 세탁하도록 했다.

속옷도 있기에 본인이 직접 나선 건 아니고 물의 최상급 정령 엘리디아와 바람의 최상급 정령 실라디아가 합작으로 세탁하고 말렸다.

그런데 외출복을 입고 잘 수는 없다. 하여 잠옷을 꺼내놓아야 했다. 공작의 것은 순면 100%짜리이지만 공작부인의 것은 하늘하늘하며 망사가 채용된 실크 잠옷이다.

현수의 눈에 약간 야하다는 느낌이니 공작의 눈에는 몹시 야한 잠옷일 수도 있겠다.

어쨌거나 로잘린은 졸졸 따라다니면서 어떤 용도로 어떻게 쓰이는 건지 캐물었다.

그런데 몸에서 냄새가 난다. 그간 목욕과 세탁이 여의치 않았던 때문에 향수를 너무 많이 써서 그러하다.

모든 준비를 마치고 나오니 세 영주가 가지 않고 있다.

"왜 가지 않고 있지?"

"내일 아침 일찍 출발하여야 하니까요."

"그럼 여관에서 묵나?"

"아닙니다. 이 근처엔 머물 여관이 없습니다."

"여관이 왜……? 아……!"

하나밖에 없는 낡은 여관은 공작을 수행하고 온 사람들로 만원이다. 그중 귀족은 없는지라 모두 내쫓고 들어가도 되겠지만 어디 그럴 수 있는가!

'정승집 개가 죽으면 문상이 들끓어도 정승이 죽으면 문상이 없다'는 옛말이 있다.

개가 높아서가 아니라 정승 때문이다.

공작 일행을 내보내면 불만의 목소리가 튀어나올 것이고, 그건 공작을 건드리는 것이나 다름없는 일이 될 수도 있다.

그렇기에 한동안 사용하던 군막을 치도록 했다. 철수하면서 모두 걷었는데 다시 설치하려니 문제가 있다.

정비가 되지 않아 엉망인 것이다. 하여 세 영주는 오랜만에 술이나 한잔하자면서 화톳불 가로 모였다. 한잔 후에 오크 가죽으로 만든 냄새나는 이불을 덮고 자려는 것이다.

"마탑주님! 저희끼리 한잔하려고 합니다."

안주도 변변치 않은데 독한 술을 마시려는 모양이다.

귀족이지만 소탈한 모습이다. 이런 사람들은 가렴주구를 일삼는 여타 귀족들과는 다르다.

하긴 가렴주구를 하려 해도 영지가 너무 가난하여 그럴 수도 없었을 것이다.

"그것으로 되겠는가? 따라오게."

"…네! 알겠습니다."

하늘같은 마탑주가 오라고 한다. 어찌 머뭇거리겠는가!

세 영주는 찍소리 않고 현수의 뒤를 따라 주방용 컨테이너로 갔다. 현수가 신발을 벗고 들어가자 따라서 벗는다.

그런데 고약한 발 냄새가 풍긴다.

"잠깐! 워싱! 클린! 에어 퓨리파잉! 워싱! 클린! 에어……."

세 영주 모두 얼굴을 붉힌다.

아무튼 실내로 들어온 셋은 연신 두리번거린다.

처음 보는 물건이 너무 많은 까닭이다. 그러는 사이에 현수는 소주 몇 병과 삼겹살을 넉넉히 꺼냈다.

이곳 사람들은 지구인보다 대식가들이다. 하루에 두 끼만 먹으니 그럴 것이다. 아무튼 능숙하고, 재빠른 솜씨로 삼겹살 파티 준비를 마쳤다.

"자아! 한 잔씩 하지."

현수가 셋의 잔에 소주를 채워주자 영주들은 눈을 크게 뜬다. 이곳의 술에선 시큼한 냄새가 많이 난다. 그런데 전혀 그렇지 않고, 맑은데다 시원하니 뭔가 싶은 것이다.

"자, 이건 이렇게 먹는 것이네."

현수는 상추 위에 깻잎을 얹고는 잘 익은 삼겹살을 기름장에 찍은 뒤 올려놓았다. 다음은 구운 마늘이다. 쌈장에 찍어 이것을 고기 위에 올려놓은 뒤 파무침도 약간 올렸다.

잔을 들어 소주를 비운 뒤 입에 넣고 우걱우걱 씹었다. 아까 먹었던 스테이크와는 비교도 할 수 없는 맛이다.

현수가 만족스러워하자 영주들 역시 그대로 따라서 쌈을 먹었다. 몇 번을 씹더니 눈을 크게 뜬다.

분명 고기를 구워서 넣었는데 누린내가 나지 않는 것은 물론이고, 달착지근하면서도 고소하고, 상큼하면서도 부드러운 느낌이 든 때문이다.

다음부터는 자동이다. 영주들은 저녁을 굶기라도 한 듯 허겁지겁 먹는다. 현수의 곁에 조신하게 앉아 있던 로잘린이라 하여 다를 바 없다. 그녀 또한 먹으면서 쌈을 싼다.

잠시 밖으로 나온 현수는 돔형 텐트를 쳐두었다. 원터치라던지면 저절로 모양을 갖추는 것이다.

이걸 적당한 곳에 놓고는 바닥에서 올라오는 냉기를 차단하도록 두툼한 매트를 깔고, 베개와 담요도 꺼냈다.

그런데 조금 싸늘하다는 느낌이 든다. 하여 항온마법진을 꺼내 적당한 곳에 부착시켰다.

모든 일을 마치고 컨테이너로 들어가 보니 아홉 병의 소주가 말끔하게 비워져 있다. 그런데 모두 말짱해 보인다.

체력이 강해서 술도 센 모양이다.

하지만 딱 하나, 로잘린만은 다르다. 세 영주가 따라준 소주 석 잔에 두 볼이 붉게 달아 있다.

"밖에 잠자리를 준비해 두었네. 당분간 여관이 없을 것이니 가는 동안 쓰도록 하게."

"…감사합니다."

"마탑주님의 배려, 잊지 않겠습니다. 감사합니다."

세 영주 모두 정중히 예를 올리곤 현수가 손짓한 곳을 바라본다. 생전 처음 보는 텐트에 이건 또 뭔가 싶은 표정이다.

할 수 없이 나가서 설명해 주었다. 그리곤 로잘린 먼저 샤워하도록 했다.

다음은 세 영주이다. 셋 다 오랫동안 씻지 못하여 짐승 냄새가 났다. 하여 위생용 컨테이너 사용을 허락해 주었다.

사용법을 알려주는 게 번거로웠으나 한 번만 알려주면 알아서 할 것이기에 이모저모를 소상히 알려주었다.

목욕하는 동안 로잘린과 영주들의 의복 또한 말끔하게 세탁되었고, 건조되었다. 그래도 약간의 냄새가 남아 페브리즈를 뿌리지 않을 수 없었다.

로니안 공작 부부는 물론이고 로잘린과 세 영주는 따뜻한 물이 끝도 없이 쏟아져 나오는 샤워기에 감탄했고, 샴푸의 부드러운 거품과 향긋한 냄새에 취했다.

다 씻은 후엔 잘 건조된 수건에 또 한 번 놀랐다. 물기 흡수도 빠르고, 너무도 깨끗했던 때문이다.

화룡점정은 샤워하기 전에 벗어놓았던 옷들이 모두 세탁되었으며 향긋한 냄새까지 풍긴다는 것이다.

이 과정에서 아리아니는 연옥도에 잡아다놓은 삼합회 놈들과 비교했다. 체취가 지독했던 때문이다.

밤이 깊어지자 모두가 제 잠자리를 찾아갔다. 로잘린은 부모가 머무는 컨테이너로 가려 했으나 그럴 수 없었다.

귀 밝은 현수가 말린 때문이다. 눈치 빠른 로잘린은 어떤 상황인지 알아차리곤 순순히 현수의 컨테이너로 갔다.

'오늘이 첫날밤인가? 아프면 어떻게 하지? 아! 어떻게 해?'

저녁은 잘 먹었고, 목욕까지 했다.

하여 이런저런 생각을 하며 따라들어 갔지만 로잘린의 이런 생각은 모두 기우로 끝났다.

각자 침대를 따로 쓴다고 하고는 할 일이 있다면서 현수가 책상 앞으로 가버린 때문이다.

침대에 누워 있던 로잘린은 스르르 잠이 들었다. 남자와 단둘이 있지만 전혀 긴장되지 않은 때문이다.

로잘린의 숨소리가 고르게 변하자 현수는 밖으로 나갔다. 그리곤 적당한 장소를 찾아 앱솔루트 배리어를 쳤다.

타임딜레이 마법까지 구현시키고는 들어앉아 밀린 숙제를 했다. 각종 마법진을 미리 제작하고, 출입증을 만든 것이다.

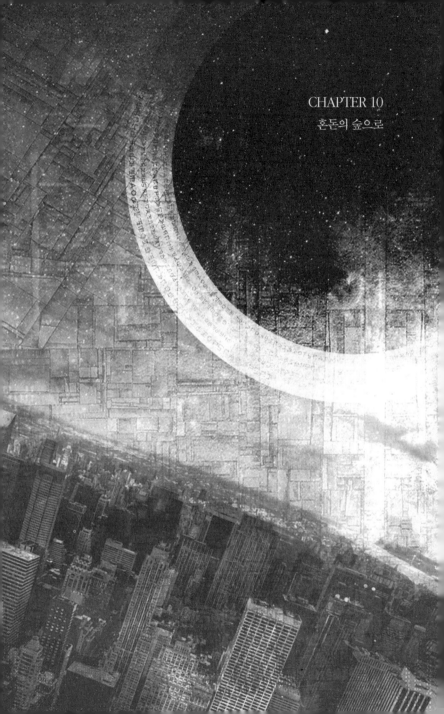

CHAPTER 10
혼돈의 숲으로

　짹, 짹, 짹─!

　산새 지저귀는 소리가 들릴 때쯤 현수는 결계를 풀고 밖으
로 나와 있었다.

　산책 삼아 인근을 둘러보았는데 농토로 조성된 곳이 있다.

　가까이 다가가 확인해 보니 토질이 척박하여 씨앗을 뿌려
도 소출이 적을 듯하다.

　[아리아니! 여기 땅이 왜 이리 척박해?]

　[한 해도 쉬지 않고 계속 농사를 져서 그렇죠.]

　[그래⋯⋯! 그렇겠지.]

이곳 사람들은 농사를 지을 수는 있지만 윤작이나 휴경이라는 개념이 없다. 그러니 같은 작물을 매년 심었을 것이다.

그 결과 지력이 다한 것이다.

생각해 보니 이곳 마르헨 영지의 영주 히킨스 자작과 후마엔의 영주 에드윈 자작, 그리고 롤리아의 영주 지린 남작 모두 귀족이라 하기엔 의복이 꾀죄죄했다.

돈이 될 만한 특산물은 없고, 땅은 척박하여 농사를 지어도 소출은 적다. 게다가 영지 한쪽은 들어가 볼 엄두조차 내지 못할 라수스 협곡이다.

상황이 이러함에도 매년 세금은 바쳐야 한다.

미판테 왕국법은 영지의 넓이에 비례해서 세금이 산정된다. 하여 늘 돈이 부족하다. 소출에 비해 면적이 넓은 때문이다.

이렇기에 귀족이지만 누가 보기에도 반듯한 의복을 걸칠수 없다. 어쩌다 풍년이 들어 소출이 늘어나면 그때만 아주 반짝하는 궁핍한 귀족이라 할 수 있다.

[정령들 불러서 여기 손 좀 봐주라 할까요?]

[그래! 기왕에 온 거니 낫게 하주는 게 좋겠지?]

[호호! 알았어요.]

아리아니는 모처럼 할 일이 생겨 기쁘다는 듯 앙증맞은 날갯짓을 하며 훨훨 날아오른다.

[이그드리아, 노에디아, 엘리디아, 실라디아! 다 모여.]

인간의 귀에는 들리지 않은 초음파가 아리아니로부터 뿜어지고 채 3분도 지나지 않아 바람과 물, 그리고 땅과 불의 최상급 정령들이 나타난다.

[찾으셨어요? 아리아니님! 실라디아예요.]

[엘리디아도 대령했어요.]

[이그드리아도 도착했습니다.]

[시킬 일이 있으신 거죠? 노에디아입니다.]

[주인님께서 이 근처 농토를 비옥하게 하라셔. 노에디아는 저기 저 숲 속의 부엽토들을 끌어다 농토의 흙과 섞어. 얼마만큼 해야 하는지 알지? 엘리디아는 축축하도록 물 좀 뿌리고. 이그드리아는 불결한 것들은 태우고. 실라디아는 노에디아를……]

[네! 알았사옵니다. 네! 네!]

아리아니의 말이 떨어지기 무섭게 최상급 정령들은 자신들이 무엇을 해야 하는지 안다는 듯 흩어진다.

이제 막 잠자리에서 일어난 사람들은 최상급 정령들이 온 힘을 다해 주어진 임무를 수행하는 것을 알지 못한다.

근처에서 일어나는 일이 아니라 다소 먼 곳으로부터 일이 시작되고 있기 때문이다.

네 정령은 서로 협력하여 척박한 농지를 기름진 옥토로 바꾸는 작업을 시작했다.

물의 최상급 정령 엘리디아는 지하수맥을 건드려 모든 농토에 적당량의 물이 공급되도록 했다.

하여 없었던 개울이 만들어지기도 했고, 쓸데없이 널찍하기만 하던 하천은 폭은 줄어드는 대신 깊어졌다.

덕분에 농지가 늘어났다.

이그드리아는 모든 불결한 것을 태워 열심히 재를 만들었다. 노에디아는 숲에서 가져온 부엽토와 재를 섞어 기존의 흙과 잘 버무렸다.

이 일은 마르헨 영지와 후마엔의 영지, 그리고 롤리아 영지에서 동시다발적으로 이루어지고 있다.

현수는 켈레모라니의 비블로부터 상당량의 마나가 빠져나감을 느끼고 고개를 끄덕였다. 많은 마나가 사용된다 함은 자신이 원하는 바가 이루어지고 있음을 의미하기 때문이다.

현수는 세 영주의 병사들이 원터치 텐트를 어쩌지 못해 쩔쩔매는 모습을 보고 웃었다. 건드리면 휘청거리는데 그게 망가지는 것일까 봐 겁을 잔뜩 내고 있었던 것이다.

하여 접는 방법을 알려주었다. 밤새 사람이 들어가 잤던 텐트는 접어놓으니 자그마한 가방 속에 들어가 버린다.

모두 놀랍다는 표정이다. 그러거나 말거나 현수는 아침식사를 재촉하였다. 얼른 떠나고 싶은 때문이다.

로니안 공작 부부와 로잘린, 그리고 세 영주는 어제와 마찬가지로 취사용 컨테이너에서 식사를 했다.

오늘의 메뉴는 흰쌀밥에 갈비찜과 오이소박이, 그리고 오리엔탈 소스와 마요네즈로 버무린 샐러드이다.

오이소박이는 마트에서 팔던 게 있어서 꺼내기만 하면 되었지만 갈비찜은 직접 요리를 해야 했다. 갈비에 양념 배어드는 시간이 필요했기에 타임 패스트 마법이 구현되었다.

음식을 다 차려놓고 부르자 호기심 어린 표정으로 모여든다. 그리곤 모두들 체면 따위는 내던지고 사흘쯤 굶은 거지처럼 그야말로 허겁지겁 폭풍흡입을 한다.

갈비찜에서 느껴지는 짭짤, 달콤하면서도 느끼한 맛은 오이소박이가 아주 깔끔하게 제거했고, 곁들인 샐러드는 입안에 상큼함을 제공했으니 어찌 안 그렇겠는가!

여기에 기름기 잘잘 흐르는 흰쌀밥이 오이소박이의 양념인 고춧가루의 매운맛을 잡아주었다.

준비하는 데 걸린 시간에 비하면 먹는 시간은 정말 짧았다. 식탁 위에 올려놓기 무섭게 마파람15)에 게 눈 감추듯 그렇게 먹어치웠던 것이다.

식사 후 설거지는 세 영주에게 시켰다.

퐁퐁과 수세미를 주고 어떻게 닦는지를 알려주었더니 열심히 닦는다.

---

15) 마파람 : 뱃사람들의 은어로, 남풍(南風)을 이르는 말.

귀족 사내 셋이 설거지하는 모습이 다소 우스꽝스러웠으나 어쩌겠는가! 로니안 공작 부부에게 시킬 수도 없고, 로잘린에게도 시킬 수 없다.

세 영주의 손톱 밑에는 시커먼 때가 끼어 있다. 어젯밤의 샤워로는 빠지지 않는 것이다. 그런데 설거지를 하면 손톱 밑에 낀 때가 빠기기도 한다. 하여 일부러 시킨 것이다.

사실 로니안 공작의 손톱 밑에도 때는 있다. 음식을 맨손으로 집어먹기 때문이다. 그래도 설거지를 시킬 수는 없다. 하여 군번에서 밀린 자작과 남작이 당번이 된 것이다.

물기 빠지라고 접시들을 세워놓던 셋은 그 화려하고 정교한 문양에 놀라지 않을 수 없었다.

현수가 꺼내놓은 것은 행남자기에서 제조한 오케스트라 홈세트 중 일부이다.

26pcs에 47만 2,000원이니 중품쯤 된다.

이걸 보고 놀라서 쓰다듬고 또 쓰다듬어 본다. 그러다 크기와 문양이 완벽하게 일치함에 또 한 번 놀란다.

설거지를 마친 후엔 상으로 인스턴트 커피를 주었다. 달달하면서도 그윽한 향이 너무도 좋은지 눈까지 감고 음미한다.

식사를 모두 마친 시각은 대략 오전 6시 반쯤 된다.

오전 7시, 드디어 마르헨 영지를 떠나 돌다리를 건넜다. 그리고 얼마 지나지 않아 라수스 협곡 안으로 들어섰다.

모두들 잔뜩 위축된 표정을 지으며 사방을 두리번거린다.

혹시라도 몬스터가 달려들까 싶어서이고, 라이세뮤리안의 분노가 뿜어질까 싶어 두려웠던 것이다.

그러나 그런 일은 결코 빚어지지 못한다. 현수가 드래곤 피어 마법을 구현시키고 있는 중이기 때문이다.

당연히 아주 평안한 전진이 계속되었다.

세 영주는 현수의 조언대로 곳곳에 이정표를 설치했다.

방향만 알려주는 화살표만 있으면 되는데 그 아래에 마르헨 영지의 돌다리까지의 거리를 나타내도록 하라는 말에 왜 그렇게 해야 하느냐는 표정이었다.

하여 이정표의 개념을 설명해 주자 모두가 고개를 끄덕였다. 먼 길을 왔는데 남은 거리가 얼마나 되는지 가늠할 수 있으면 그보다 힘나는 일은 없을 것이기 때문이다.

일행은 이정표 설치 이외에 도로도 닦았다.

앞으로 짐을 실은 마차가 오갈 통로이다. 따라서 두 대가 오고 갈 정도의 폭으로 길을 만들었다.

세 영지에서 온 인원이 상당히 많았기에 구간을 나눠 일을 시키면서도 교대작업이 가능했다.

하여 상당히 빠르게 마무리되었다.

폭우가 쏟아져도 도로가 유실되지 않도록 경사를 주었으며, 도로의 양쪽 끝엔 굵은 돌들을 박아 넣었다.

도로의 흙이 빗물 때문에 유실되는 걸 막기 위함이다.

몬스터의 공격이 없을 것임을 알게 되자 영지민들뿐만 아니라 병사와 기사들까지 삽과 곡괭이를 잡았다.

파낸 흙과 돌덩이들은 리어카 또는 일륜차로 옮겨졌다.

물론, 이것들 모두 현수의 아공간에서 나왔다.

쇠로 만든 삽과 묵직한 곡괭이를 본 영주들은 눈빛을 반짝였다. 귀하디귀한 철로 만들어진 때문이다.

이것들을 가져다 녹이면 질 좋은 검 또는 창을 만들 수 있을 것이다. 하지만 그럴 수는 없다.

하늘같은 마탑주가 빌려준 것이다. 하여 작업이 끝나면 깨끗이 닦아 보관토록 했다.

영지 마법사들도 도왔다. 디그(Dig)와 베리(Bury) 마법으로 땅 파는 것과 파묻는 것을 도왔다.

롤랑은 무거운 바위덩이를 쉽게 옮기도록 경량화 마법을 걸거나 작업 중 다친 이들에게 힐 마법을 걸어주었다.

이들보다 앞선 현수는 롤랑 같은 4서클 마법사의 능력으로도 처리하기 힘든 곳들을 미리 해결해 주었다.

집채만 한 바위는 뿌리째 뽑아 길가로 옮겼다. 이것들은 이정표가 없어졌을 때 그것 대신 역할을 하게 된다.

앞을 가로막는 굵은 나무는 윈드 커터로 베어낸 뒤 토막 쳐 길가에 두었다. 다 마르면 오가는 사람들의 땔감으로 요긴하게 쓰일 것이다.

로니안 공작 부부와 로잘린은 그럴 때마다 감탄사를 터뜨리곤 했다.

어른 둘이 팔을 벌려 안아야 할 정도로 굵은 나무도 윈드 커터가 스치고 지나면 몸체를 누이곤 했던 때문이다.

처음 이틀 동안 모습을 보이지 않던 아리아니는 100여 그루 이상이 베어져 있자 화를 냈다.

숲의 요정이니 나무가 베어지는 것이 싫었던 것이다.

현수는 디오나니아의 잎사귀를 베어낼 때 통증을 느낀다고 말한 것을 상기했다. 하여 더 이상 윈드 커터를 사용치 않았다. 대신 아리아니로 하여금 앞장서게 했다.

먼저 가면서 베어질 운명에 처한 나무들이 자리를 옮기도록 한 것이다. 이 작업엔 최상급 정령들의 공이 컸다.

아리아니의 명에 따라 상급 및 중급과 하급 정령들까지 동원하여 작업을 이행했던 것이다.

이들이 없었다면 최소 수천 그루의 나무가 더 베어졌을 것이다.

어쨌거나 길을 내며 전진하는 것은 순조로웠다. 가는 동안 로니안 공작 부부와 로잘린의 식사는 현수가 전담했다.

냉면, 돈까스, 라면, 닭갈비, 대구탕, 샌드위치, 햄버거, 피자, 후라이드 치킨 등이 메뉴였다.

물론 매번 감탄사 연발이었다.

입안에서 사르르 녹는다는 말은 하도 많이 들어 귀에 딱지가 앉을 지경이었다.

후식으로 브라보콘을 내놓았던 날이 있다. 그 달콤함과 시원함에 모두들 황홀한 표정을 지었다.

하긴 레드 드래곤 라이세뮤리안도 홀딱 반한 맛이다.

그렇다 하여 작업과 요리만 한 것은 아니다. 현수는 시간이 날 때마다 롤랑을 불러 마법을 가르쳤다.

공작을 주군으로 모신 영지마법사이니 최소 5서클은 되어야 하기 때문이다. 이를 위해 마나포션 두 병과 상세한 설명이 이어졌다. 그 결과 롤랑은 서클 업 하는 행운을 누린다.

7서클 유저가 대부분의 마탑주이고, 어떤 마탑은 6서클 마법사가 마탑주인 세상이다.

5서클이면 상당히 높은 서열이 된다.

그렇기에 롤랑은 다섯 번째 서클이 형성되던 날 기쁨의 눈물을 흘리며 현수에게 충성을 맹세했다.

그래도 마법 학습은 끝난 게 아니다.

간신히 5서클에 이른 것이지 아직 5서클 마법을 자유자재로 구사하는 수준은 아니기 때문이다.

이날 이후 롤랑도 현수의 식탁에서 밥을 먹게 되었다. 왕궁으로 가면 자작위를 받을 수준이 된 때문이다.

참고로, 미판테 왕국의 재상 에드가 폴랑 폰 갈리아 공작은 6서클 마법사이다.

어쨌거나 롤랑이 5서클에 이른 다음 날부터 일과가 끝나면 모든 마법사가 현수 주위를 얼쩡거렸다.

혹시라도 한 마디라도 얻어들으면 본인도 서클 업 하는 행운을 누릴까 싶었던 모양이다.

어찌 현수가 마법사들의 이런 열망을 이해하지 못하겠는가! 하지만 그들 모두에게 마법을 가르칠 시간은 없다.

하여 미판테의 현자 아르가니 에이런 판 포인테스 후작에게 해주었던 말을 되풀이해 줬다.

"잘 들어라! 이 세상은 마나로 가득 차 있으니 마나로 이루어진 물속에 있는 것이나 마찬가지이다. 이처럼 널리고 널려 있으니 마나를 굳이 몸에 담으려 할 필요가 없다."

현수의 말 한마디에 깨달음의 실마리를 잡은 마법사가 셋이나 있었다. 이들은 다시는 현수 근처에 오지 않았다.

일과가 끝날 때마나 고요히 눈을 감고 앉아 명상하기에도 바빴던 때문이다.

현수는 수시로 시간을 내어 로잘린과 다정한 한때를 보냈다. 곧 결혼할 사이인데 서로에 대해 모르는 것이 너무 많았기 때문이다.

로잘린은 존경과 사랑, 그리고 흠모의 눈빛으로 현수를 바라보며 재잘거렸다.

똑같은 인간으로 태어나 어느 것 하나에도 이르는 것이 불가능하다는 10서클 마스터이며, 그랜드 소드 마스터이다.

게다가 화살촉에 오러를 싣는 유사 이래 최초의 보우 마스터이며, 물과 바람, 그리고 불과 땅의 최상급 정령을 부릴 수 있는 정령 마스터이다.

여기에 아리아니라는 숲의 요정까지 따른다 하는데 어찌 평범한 시선으로 바라볼 수 있겠는가!

카이로시아와 자신 이외에도 케이트 에이런 판 포인테스와 다프네, 그리고 스테이시 아르웬도 부인으로 맞아들일 것이라는 말을 처음 들었을 땐 실망하는 기분이 들었었다.

'시앗16)을 보면 길가의 돌부처도 돌아 앉는다' 라는 말이 있는데 어찌 안 그렇겠는가!

참고로, 이 말은 남편이 첩을 얻으면 부처같이 점잖고 인자하던 부인도 시기하고, 증오하게 됨을 이르는 것이다.

이런 기분을 눈치챈 현수는 자세한 설명을 덧붙였다.

성녀는 가이아 여신이 직접 점지하였고, 케이트는 골드드래곤 제니스케리안의 제자이며, 다프네는 레드 드래곤 라이세뮤리안의 딸이라는 내용이다.

어찌 만났으며, 어떻게 해서 아내로 맞겠다고 약속했는지

---

16) 시앗 : 첩(妾)의 순수한 우리말.

를 들은 로잘린은 더 이상 기분 나빠할 수가 없었다.

하나같이 쟁쟁한 배경을 가졌다.

자신도 공작의 딸이지만 순전히 현수와의 인연 덕분에 아버지가 공작위라는 지고무상한 작위를 받은 결과이다.

현수는 먼저 만나 인연을 맺은 순서에 따라 카이로시아를 이실리프 왕국 제1왕비가 되게 하고, 자신은 2왕비로 맞이한다고 한다.

가이아 여신의 총애를 받는 성녀보다, 드래곤의 딸보다, 드래곤의 제자보다도 서열이 빠르다.

이 대목에서 어찌 감격하지 않겠는가!

그렇기에 늘 흠모와 사랑이 가득한 눈빛으로 바라본다.

대화를 하던 중 로잘린이 생각보다 영특함을 깨달은 현수는 슬쩍 마법 이야기를 했다. 당연히 신기해하고 본인도 배우고 싶다 하여 마법을 가르치는 중이다.

현수는 매일 밤마다 아드리안 왕국 멀린으로 텔레포트하곤 했다. 다프네의 행방에 대해 알아낸 것이 있는지 확인해야 하기 때문이다.

불행히도 나흘이나 지나도록 아무런 정보도 없었다.

아민 국왕은 몹시 송구스런 표정을 지으며 미안해했다. 하지만 그를 탓할 수는 없다.

아드리안 왕국은 현재 하던 일을 모두 제쳐두고 검은 로브

를 걸친 사내와 꽃보다 아름다운 다프네의 행방을 찾느라 야
단법석이기 때문이다.

전국의 모든 영주에 비상령이 내려졌고, 모든 기사와 병사,
그리고 행정관까지 나서서 둘의 행방을 찾는다.

이에 국왕은 거액의 현상금을 걸었다.

누구든 다프네를 찾는데 결정적인 제보를 하면 10,000골드
를 하사하기로 했다. 참고로, 이 금액은 한화로 약 100억 원
이다. 그야말로 대번에 팔자 고칠 거금이다.

이것뿐만이 아니다.

결정적 제보자 본인이 노예라면 즉시 평민이 되게 하고, 평
민이라면 남작에 봉하며, 귀족이라면 한 작위를 올려주겠다
고 하였다.

이러니 어찌 전국이 들썩이지 않겠는가! 은밀하기로 이름
난 정보길드까지 만사를 제쳐주고 둘의 행방을 쫓는 중이다.

하지만 나흘이 지나도록 아무런 실마리도 찾지 못한 상황
이다. 하늘로 솟았는지 땅 속으로 꺼졌는지 알 수 없다.

현수는 얼른 다프네를 구해내지 못하는 것이 몹시 안타까
웠지만 행방을 모르니 방법이 없었다.

"흐으음! 어디에 있는 거야? 대체!"

깊은 밤, 로잘린은 킹사이즈 침대에 잠들어 있다.

항온마법이 구현된 상태라 실내 온도는 24℃이다. 춥지도

덥지도 않은 온도이다.

요즘 로잘린은 매일 샤워하고, 양치질까지 한다.

치약과 칫솔 사용법을 가르쳐 준 것이다.

샤워를 마치면 슈피리어 듀 닥터로 피부를 관리한다.

손상된 피부를 원상으로 회복시킴과 동시에 탄력저하와 미세주름을 보정해 주는 제품이다.

또한 칙칙한 안색과 피부건조로 인한 속당김 등 피부노화 문제를 완벽하게 관리해 주는 것이다.

게다가 사내를 유혹하는 은은한 향기까지 풍긴다.

로잘린은 샤워를 마친 후엔 얇은 나이트가운을 걸친다. 실크로 만든 것으로 하늘하늘한 느낌이 드는 것이다.

안에는 아주 야한 속옷뿐이다. 젖가슴이 반쯤 드러나게 하는 망사 브래지어와 망사 팬티이다. 물론 현수가 준 것이다.

로잘린은 잠자리에 들 때 가운을 벗는다.

얌전히 누워 잠을 청하는가 싶더니 잠시 뒤척이곤 모로 누워 이불을 가랑이 사이에 끼고 있다.

세상에 이런 유혹이 어디에 있는가!

아내로 맞이하기로 한 여인이기는 하나 아직 어리다. 그리고 식도 올리지 않았다.

마지막으로 아직 슈퍼포션을 복용시키지 않은 상태이다.

그러므로 아무리 유혹을 해도 안아선 안 된다.

그런데 너무도 고혹스런 모습이 계속에서 눈에 뜨이는데 어찌 감내해 내겠는가!

현수는 평생을 청빈과 독신으로 살겠다고 서원한 가톨릭 사제가 아니다. 물론 부처님 앞에 귀의한 승려도 아니다.

지구에선 지현과 연희, 그리고 이리냐와 결혼한 유부남이다. 그리고 너무도 혈기가 왕성한 사내이다. 하여 매일 밤마다 권지현, 강연희, 이리냐라는 절세미녀들을 품는다.

그런데 이곳 아르센에선 성욕을 해소시킬 수 없었다.

결혼을 약속한 여인이 다섯이나 있고, 헥사곤 오브 이실리프에는 손만 뻗으면 언제든 안을 수 있는 미녀가 여섯, 아니, 일백오십 명이나 있다. 헥사곤 오브 이실리프 안에 거주하는 여인들은 원칙적으로 마탑주의 소유이기 때문이다.

그럼에도 금욕주의자처럼 살았다.

그런데 로잘린이 거의 벌거벗은 모습으로 자고 있다.

얼굴만 소녀처럼 예쁘지 몸은 성인과 다름없다. 들어갈 곳은 확실히 들어가 있고, 나올 것은 더 확실히 튀어나와 있다.

그런데 이리 뒤척, 저리 뒤척거리며 모든 걸 보여준다.

본인의 의사와는 전혀 관계없는 일이다. 로잘린은 자신이 이불을 잘 덮고 자는 것으로 알기 때문이다.

다시 말해 로잘린의 이리 뒹굴 저리 뒹굴하는 잠버릇이 몸매를 드러내고 있는 것이다.

혈기왕성한 현수로선 참기 힘든 유혹이다.

참으려 했지만 계속 안에 있어선 안 될 것 같아 밖으로 나와 컨테이너 위로 올랐다. 그리곤 마나에 의지를 실어 라세안을 여러 번 불렀지만 무반응이다.

"빌어먹을 친구 같으니……. 아니! 빌어먹을 장인이 되는 건가? 대체 어디서 뭘 하기에 자신의 레어를 비어놓고 돌아다니는 거지? 쩝!"

입맛을 다신 현수는 자신의 행보에 대해 생각해 보았다.

로니안 공작을 데리고 곧장 테세린으로 가려던 계획은 어그러졌다. 한 이틀이면 충분했을 일이 아무리 짧게 잡아도 한 달 이상 걸리는 것으로 바뀌었다.

그런데 나 몰라라 하고 가버릴 수는 없는 노릇이다.

본인이 사라지면 감당하기 힘든 몬스터들의 공격이 있을 수도 있고, 드래고니안 또는 라세안을 만나게 되면 몰살당할 수도 있다.

"흐음! 어떻게 하지?"

참으로 난감한 노릇이다. 이실리프 왕국의 기틀을 잡는 일도 중요하고, 바세른 산맥 아래에 자리 잡은 이실리프 자치령의 건설현장도 자주 들여다봐야 한다.

아무리 일 잘하는 드워프들이라 하지만 맡겨놓고 들여다보지 않으면 엉뚱한 방향으로 흘러갈 수 있다.

뿐만이 아니다.

가이아 여신의 성녀 스테이시 아르웬과 결혼하려면 교황과 황제를 예방해야 한다. 케이트도 아내로 맞이하기로 했으니 포인테스 후작, 아니, 포인테스 공작도 찾아가야 한다.

'처갓집 족보는 개 족보'라는 말이 있다.

남자들이 결혼을 하면 처갓집이 생긴다.

자신이 성년이 될 때까지 교류를 하던 친가와 외가 친척들은 아주 또렷하게 촌수를 구별할 수 있지만 결혼하면서 만나게 된 처갓집 친척들의 촌수를 정확하게 따지는 것은 매우 어려운 일이다.

게다가 일 년에 한두 번 가보는 처갓집이기에 갈 때마다 새롭게 만나게 되는 처갓집 친척들의 촌수를 따진다는 것은 무의미한 일이다. 거의 대부분 돌아서면 까먹기 때문이다.

아내 입장에선 남편이 처갓집 촌수를 잘 기억하지 못하는 것이 서운할 수도 있다. 어쨌든 이래서 생긴 말이 처갓집 족보는 개 족보라는 것이다.

하지만 포인테스 공작은 케이트의 조부이다. 단순한 처갓집 친척이 아닌 것이다.

게다가 케이트의 부모와는 일면식도 없다. 가만히 있다가 결혼식장에서 장인과 장모를 처음 보게 되는 건 말도 안 된다. 따라서 조만간 찾아가 뵙고 인사드려야 마땅하다.

물론 케이트를 아내로 맞이하고 싶으니 허락해 달라는 뜻
도 전해야 한다.

　마법사 가문이니 위저드 로드의 청혼을 거절하지는 못하
겠지만 그래도 격식은 갖춰야 한다.

　생각이 여기에 미치자 갑작스레 마음이 급해진다.

　"안 되겠군. 먼저 자치령에 가봐야겠어."

　깊은 밤이기에 교황과 황제, 그리고 포인테스 공작을 만나
러 가는 건 실례이다. 하지만 이실리프 자치령은 예외이다.

　드워프는 인간과 생체 리듬 자체가 다르다. 기분이 내키면
몇날 며칠이라도 밤을 새며 작업하는 종족이다.

　그리고 자다가도 맥주 마시라는 소리를 들으면 벌떡 일어
나는 알코올 중독자 집단이기도 하다.

　"텔레포트!"

　샤르르르릉—!

　컨테이너 위에 있던 현수의 신형이 스르르 사라지자 근방
수풀이 흔들린다. 혹시라도 한 말씀을 들을까 싶어 컨테이너
근처에 자리 잡고 있던 마법사들의 움직임 때문이다.

*　　　*　　　*

　샤르르르릉—!

뚝딱, 두딱! 쾅쾅쾅쾅! 뚝딱뚝딱! 뚝딱뚝딱!

이실리프 자치령에 당도한 현수는 고개를 끄덕였다. 예상대로 드워들의 밤샘 공사가 진행 중이었던 것이다.

시선을 돌리던 현수가 나직한 탄성을 낸다.

"어라! 벌써……?"

현수의 눈에 뜨인 것은 눈에 익은 것이다.

가장 먼저 바실리 대성당과 똑 닮은 건물이 보였다. 화려한 지붕이라 눈에 확 뜨인 것이다.

그런데 조금 커 보인다. 현수가 준 사진을 보고 나이즐 빌모아는 처음으로 설계라는 것을 시도했다.

대성당의 모습을 보고 일생의 역작을 만들려는데 사소한 실수라도 있으면 안 된다 생각한 것이다.

이 과정에서 바실리 성당보다 규모가 커졌다. 약 1.5배이다. 그렇기에 눈에 확 뜨인 것이다.

"플라이!"

허공으로 몸을 띄운 현수는 바실리 뒤쪽에 지어지고 있는 한옥단지를 살펴보았다.

이것 역시 종로구 와룡동에 있는 창덕궁과 원림(園林)보다 규모가 크다.

약 10만 평에 달하는 한옥 단지는 창덕궁의 담장 못지않은 높은 석성으로 둘러싸이고 있다. 높이는 15m 정도 되고, 담장 위로 병사들이 이동할 수 있다.

자세히 살펴보니 사방의 대문에는 성벽 중 일부를 돌출 시켜 성벽에 접근하는 적을 전면과 좌우 양 측면에서 공격할 수 있게 만든 치(雉)가 설치되고 있다.

수원에 있는 화성(華城) 사진을 보고 따라한 듯싶다.

또, 성벽 위에서 적의 공격으로부터 은신할 수 있는 방패 역할을 하면서 활을 쏘기 위해 구멍이나 사이를 띄어서 쌓은 작은 성벽 여장(女墻)도 조성되고 있다.

성벽 바깥과 안쪽엔 해자가 설치되어 물이 찰랑이고 있다. 눈대중으로 살펴보니 폭 10m, 깊이 3m 정도 된다.

바닥이 보일 정도로 물이 맑았는데 바닥엔 굵은 자갈들이 깔려 있다. 그러고 보니 물고기들이 무리지어 돌아다닌다.

어종은 모르지만 길이 30cm가 넘는 월척도 상당히 많다. 지구와 달리 민물고기들도 색깔이 화려하다.

이런 것을 넣어두었다는 것은 적의 무단침입을 저지하기 위해 조성했지만 평상시엔 관상용으로 쓰라는 뜻인 듯싶다.

하늘에서 살펴보니 포석정[17]처럼 물이 흐른다.

이것은 한옥단지 전체를 휘감아 돈다. 화재 발생 시 소방수로 쓰기 위함일 것이다.

"좋군!"

---

17) 포석정(鮑石亭) : 경상북도 경주에 있는 통일신라의 정원 시설물. 돌로 구불구불한 도랑을 타원형으로 만들고 그 도랑을 따라 물이 흐르게 만든 것. 이것 둘레에 둘러앉아 흐르는 물에 잔을 띄우고 시를 읊으며 화려한 연회를 벌였다.

현수는 저도 모르게 감탄사를 터뜨렸다. 생각보다 훨씬 더 멋진 단지가 조성되고 있었던 것이다.

"다음은 파빌리온을 보러 갈까?"

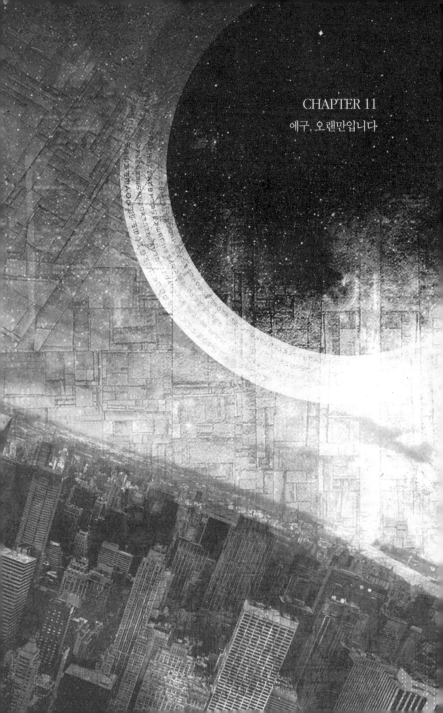

CHAPTER 11
에구, 오랜만입니다

몸을 날려 현장으로 가보니 외형은 거의 다 갖춰졌다. 그런데 불 켜진 방이 꽤 많다.

"어라! 아직 완공된 것도 아닌데 벌써 쓰는 거야? 아! 여긴 지구가 아니지."

한국이라면 공사를 마치고 준공검사까지 떨어져야 입주가 가능하다. 공사 중이라면 완공된 부분만 임시 사용 승인을 받아야 가능하다.

하지만 이곳은 아르센 대륙이고, 어떤 나라의 국법도 미치지 못하는 이실리프 자치령이다.

따라서 얼마든지 사전 입주가 가능하다.

"밤이 깊었는데 뭘 하는 거지?"

현수가 비행고도를 낮추자 창문 안쪽이 환히 보인다.

안에선 하일라 토들레아가 여섯 명의 학생을 데리고 정령학 수업을 하고 있다. 물의 정령과 어떻게 친화력을 쌓을 수 있는지에 대한 이론 교육이다.

"으잉? 벌써 수업을 해? 다른 데도 그런가?"

불 켜진 다른 방을 들여다보니 행정학 수업 중이다. 입은 옷을 보니 낮에는 작업을 하고 밤에는 공부하는 듯싶다.

다른 방에선 아이들에게 글자를 가르치고 있다. 그런데 꾸벅꾸벅 조는 녀석들이 보인다.

아무래도 주경야독(畫耕夜讀)하는 모양이다. 다시 한 번 자세히 살펴보니 90% 정도 지어졌다. 인원이 많고, 콘크리트처럼 양생 기간이 필요한 게 아니라 빠른 듯싶다.

다른 곳은 어떤가 싶어 살펴보니 기사들을 양성하는 연병장이 보인다. 이곳 역시 사용하는 중인 듯 바닥엔 말발굽 자국 등이 남아 있다. 이때 금속음이 들린다.

챙, 챙―!

"야압―!"

"어림도 없어! 허리가 비었잖아. 이렇게 피하고, 이렇게 공격하면……. 봐! 넌 죽은 목숨이야."

"크으으! 죄송합니다."

"정신 바짝 차려. 아차하면 목숨을 잃을 수 있으니까."

"네! 주의하겠습니다."

자세히 살피니 대략 20여 쌍이 대련을 하고 있다. 도제식 수업인 듯 학생 하나와 교관 하나가 짝을 이루고 있다.

다음엔 타지마할로 향했다. 도서관으로 쓸 곳이다.

이것 역시 규모가 상당히 크다. 완공된 부분엔 서가가 세워져 있는데 책은 아직 꽂혀 있지 않다.

"휘유~! 1,000만 권은 꽂을 수 있겠네."

규모가 상당히 크기에 저절로 나온 감탄사이다.

고른 책을 읽을 수 있도록 열람실이 준비되고 있다.

벌써 책상과 의자가 배치된 곳도 있다. 드워프의 손길을 받아 그런지 예술품 반열에 오를 것들이다.

어쨌든 도서관 역시 90%쯤 지어져 있다.

다음은 루드비히로 이름 붙은 언덕 위의 별장이다.

"와아! 세상에……."

거의 다 지어진 루드비히는 모든 벽이 예술품이라 불러도 좋을 만큼 화려한 조각들로 채워져 있다. 현수 일가가 별장으로 쓸 곳이기에 각별히 공을 들이는 듯싶다.

안에서 공사하는 소리가 들려 들어가 보니 드워프들이 조각물을 다듬고 있다.

각자 본인의 실력 뽐내기 대회라도 열린 듯 모두가 열심이다. 어찌나 심취해 있는지 현수가 가까이 다가가 기척을 내도 돌아보지도 않는다.

'흐음, 빌모아 일족의 솜씨는 생각보다 괜찮군.'

현수는 인정하지 않을 수 없었다.

다섯 곳을 모두 둘러본 현수는 자치령의 중심이라 할 수 있는 바실리로 향했다.

"이 밤중에 누구냐? 혹시… 마탑주님이세요?"

어딜 갈 때마다 곤욕을 치렀기에 이곳에 오기 전에 백색 로브로 갈아입었더니 대번에 알아보는 것 같다.

"그래! 수고 많다."

"헉! 자, 잠깐만 기다리세요."

바실리 입구에서 위병 근무를 서던 기사는 너무도 놀라 예를 갖추지도 않고 안으로 뛰어 들어간다.

현수가 온 것을 알리기 위함이다.

잠시 후, 일단의 무리가 헐레벌떡 튀어나온다.

아카데미에서 마법학부 교수가 된 카이엔 제국 소속 영광의 마탑주 스타이발 후작과 테리안 왕국의 스멀던 후작, 그리고 미판테 왕국의 로윈 후작이 선두에 있다.

기사학부를 책임진 스미스 백작, 가가린 백작, 그리고 전장의 학살자 하인스도 보인다.

정령학부를 맡은 후렌지아 토들레아와 레이찰 토들레아, 그리고 오마샤 토들레아도 있다. 하일라는 수업 중이라 없다.

아카데미 원장 토리노 백작과 도서관장 리히스턴 자작도 헐떡거리며 뛰어나온다.

"충―! 검의 하늘을 알현하옵니다."

"위대하신 로드를 뵙사옵니다."

무두가 무릎을 꿇고 있다. 현수가 없는 동안 이들은 많은 이야기를 나눴다. 기사들은 그랜드 소드 마스터가 되는 게 얼마나 힘든지를 이야기했고, 마법사들은 서클 하나를 올리기 위해 각고의 노력이 필요함을 이야기했다.

그런데 현수는 인류 역사상 최초로 10서클 반열에 오른 마법사이자, 그랜드 소드 마스터이다. 당연히 말도 안 되는 일이다. 그렇기에 현수에 대한 존경심이 깊어져 모두가 무릎을 꿇은 것이다.

"모두들 일어서시게. 과공비례(過恭非禮)라네."

"네? 그게 무슨 말씀이십니까?"

"지나친 공손은 오히려 예의를 벗어난다는 뜻이네. 과유불급(過猶不及)과 일맥상통하지."

"과유불급이요? 일맥상통은 또 뭡니까?"

마탑주의 입에서 나오는 말은 모두 금과옥조일 수 있다.

그렇기에 자신들이 잘 모르는 게 나오면 체면을 무릅쓰고

묻기로 하여 이러는 것이다.

"별로 중요한 말은 아니네. 아무튼 모두들 일어서시게."

나이로 따지면 본인보다 어린 사람은 단 하나도 없지만 어쩌겠는가! 현수는 이실리프 자치령의 주인이고 이들은 스스로 휘하에 들기를 자청한 사람들이다.

상관이 부하에게 깍듯한 존댓말을 쓸 수는 없다. 위계질서가 문란해질 수 있기 때문이다.

아무튼 모두들 자리에서 일어선다. 스타이발 후작이 무릎에 묻은 먼지를 털어내려 고개를 숙였을 때이다.

"잠깐—!"

후다다다다!

누군가의 고함에 이어 후다닥 달려오는 이가 있다. 그런데 키가 몹시 작다. 빌모아 일족의 나이즐 빌모아이다.

"허헉! 허헉!"

멀리 있다 급히 달려오느라 숨이 찬지 헐떡인다. 현수는 빙그레 웃으며 시선을 주었다.

"오랜만입니다. 족장님!"

"야! 이……. 험험, 아니. 자네는 어떻게……? 허험! 이것도 아니다. 자네……. 이것도 아니고……."

현수와 단둘이 있는데 아니라 그런지 어휘 선택에 어려움을 겪는 듯하다.

그러다 결국 찾아낸 말이 있는 듯 입을 연다.

"하인스 마탑주님! 이게 대체 어찌 된 일입니까?"

나이즐 빌모아는 영광의 마탑주 스타이발 후작 등 아카데미 교수진들의 따가운 시선을 견디다 못해 결국 존댓말을 쓴다. 나이로 따지면 스타이발 후작의 고조부 이상이지만 겉보기엔 비슷하게 늙어 보인 때문이다.

내심 웃겼지만 어찌 그러겠는가! 현수는 애써 웃음을 참고 물었다.

"네? 무슨 일 있습니까?"

"무슨 일이라니… 요. 일을 맡겨놓고 한 번도 안 와보면 대체 우리더러 뭘 어쩌라고… 나중에 공사가 잘못되었느니, 애초의 의도는 그게 아니었다는 등의 말을 하면…….."

나이즐 빌모아는 부러 말끝을 흐린다. 끝에 가서 존댓말을 쓰는 게 마땅치 않은 때문이다. 이를 눈치챈 현수는 일부러 다가가 나이즐 빌모아의 손을 잡아끌었다.

"이렇게 왔으면 된 거지요. 대강 둘러봤는데 아주 괜찮더군요. 기왕에 오셨으니 상세한 안내 부탁드려도 될까요?"

"안내? 아암, 하고 말고… 요."

"자, 그럼 가실가요?"

어서 앞장서라는 표정을 보여주고는 스타이발 후작 등에게 말했다.

"잠시 현장을 둘러보고 올 테니 자네들은 안에서 기다리게. 너무 늦는다 싶으면 자도 괜찮네."

"네! 로드!"

"알겠습니다. 마스터!"

모두가 고개를 숙이곤 물러난다. 하늘의 명이 떨어졌으니 그에 따르는 것이 합당하기 때문이다.

"에이! 나이도 어린 것들이…… 끓는다, 끓어!"

나이즐 빌모아는 현수만 간신히 들릴 정도로 작은 음성으로 투덜거린다. 상대가 마법사나 소드 마스터가 아니었다면 벌써 발작을 했을 것이다.

자존감 강한 드워프가 제대로 된 장인 대접이 아닌 일개 현장 인부 대접을 받았으니 왜 안 그렇겠는가!

하지만 내놓고 발작할 수는 없다.

스타이발 후작 등의 마법이 무서웠다.

아카데미 학생들에게 시범으로 보여준 파이어 스톰의 무시무시한 위력을 직접 보았던 것이다.

전장의 학살자라는 닉네임을 가진 특급 용병 하인스는 소드 마스터이다.

하인스 역시 시범을 보였는데 바위를 베는 것이었다. 드워프의 눈으로 보았을 때는 허접하기만 한 검이었다.

그런데 그것으로 바위를 무 베듯 했다.

하여 조상들이 만든 검 중 가장 좋은 것으로 바위를 베어봤다. 베어지지 않았다. 손목만 시큰거렸을 뿐이다.

드워프 중에는 소드 마스터가 없다. 다시 말해 하인스와 분쟁이 생겼을 경우 막을 방법이 없다.

게다가 인간들은 늘 몰려서 다닌다. 마법사는 마법사들끼리 기사는 기사들끼리 붙어 다니면서 시끄럽게 떠든다.

마법과 검법에 대한 토론을 떠드는 것으로 오인한 것이다.

이 과정에서 서로 마법을 시현해 보이거나 오러를 일으키곤 했다.

이런 연유로 현수에게 존댓말을 쓴 것이다.

어쨌거나 나이즐 빌모아는 파빌리온 쪽으로 걸음을 옮긴다. 그리곤 공사 진척도에 대한 소상한 보고를 시작했다.

시행자에게 시공자가 브리핑하는 것과 유사하다.

현수는 용도 또는 시공 방법 등을 물었다. 생각보다 훨씬 빨리 진행되고 있었던 때문이다.

이렇듯 빠르게 진행될 수 있었던 것은 우선 상당히 많은 인원이 있기 때문이다.

테리안 왕국의 도움을 얻어 브론테 왕국을 떠난 유민들이 대거 유입되어 있다. 뿐만 아니라 테리안 왕국에서 유리걸식하던 무리 또한 속속들이 집결했다.

이실리프 자치령으로 가면 일자리와 음식을 준다는 소문

이 번진 결과이다.

하여 현재 자치령 전체엔 약 50만 명이 움직이고 있다. 장인 종족 드워프들은 제외한 숫자이다.

이들 중 45만 명 정도가 이실리프 자치령 건설에 투입되어 있다. 아주 나이 많은 노인과 젖먹이 아이를 제외하곤 모두가 이런저런 일을 한다.

자신과 가족이 살아갈 곳이기에 열과 성을 다하고 있다.

공사가 끝나면 가족 전체가 아무런 걱정 없이 지낼 수 있는 집이 생긴다. 뿐만 아니라 가족수에 따른 적정 규모의 농토도 배정된다.

세율은 불과 10%이다. 아르센 대륙 어디를 가도 이보다 낮은 곳은 없다.

그리고 이실리프 자치령은 일 년에 10일간 노역을 제공해야 한다. 폭우 등으로 유실될 도로를 정비하거나 저수지 둑을 높이는 등의 일에 동원될 것이라 한다.

크게 힘들지 않는 일이다.

일반적인 영지는 최하가 두 달이고, 심한 곳은 가을걷이 이후 파종기인 봄까지 각종 노역에 시달려야 한다.

이것들만으로도 열심히 일할 충분한 동기부여가 된다. 그런데 노역에 대한 삯까지 지급된다.

열흘 간격으로 삯이 지불되는데 성인 남자는 하루 일당이

80쿠퍼이다. 성인 여자는 65쿠퍼, 노인과 아이는 각기 40쿠퍼씩을 준다. 이렇기에 기력이 쇠한 노인과 젖먹이를 뺀 나머지 거의 전부가 일을 하겠다고 나선 것이다.

노역하는 동안엔 하루에 두 끼 식사를 제공한다.

아르센 대륙의 다른 곳에선 기껏해야 단단히 굳어 이빨로 긁어먹어야 하는 빵과 희멀건 국물을 준다.

그러나 이곳은 다르다.

갓 구워낸 것은 아니지만 곰팡이 핀 딱딱한 것도 아니다.

빵의 공급은 케이상단이 맡았다. 현수와 인연이 있는 알론이 책임자이다.

원래는 케이상단 제7지부 서기였으나 지금은 지부장이다.

어쨌든 알론이 공급하는 빵은 상당히 품질이 좋다.

특별히 신경 써서 만들도록 하기 때문이다.

공사현장에선 식사시간마다 빵과 함께 걸쭉한 스튜가 배급된다. 멀건 국물이 아니라 건더기가 제법 많아 씹는 맛까지 있는 것이다.

사람들이 희망을 품고 일을 하는 결정적인 이유는 이곳의 안전성 때문이다.

대륙의 어떤 나라도 감히 이실리프 자치령을 상대로 전쟁을 선포할 수는 없다. 그랬다가는 주춧돌 하나 남기지 않고 무너질 수 있기 때문이다.

따라서 병사로 징집되는 일은 없을 것이다.

이곳엔 몬스터도 없기 때문이다.

숲을 정찰하고 온 병사들의 보고에 의하면 눈을 씻고 찾아도 보이지 않았다고 한다. 뱀조차 사라졌으므로 울창한 숲이라 할지라도 안전하게 통행할 수 있다고 한다.

어쨌거나 45만 명에 달하는 일꾼들을 부리는 존재는 당연히 빌모아 일족이다.

사전에 치밀한 계획을 수립해 놓고 진척도에 따라 일사불란한 작업지시를 내린다.

당연히 할당량도 정해준다. 그것만 마치면 나머지는 휴식을 하든 뭘 하든 일체 관여하지 않는다.

술을 마시는 것은 허용되지만 주사를 부리면 열흘간 작업에서 제외된다. 그 기간 동안은 본인이 알아서 음식을 먹어야 하고, 품삯도 지불되지 않는다.

술 마시고 타인에게 폭력을 휘두른 주폭은 보름간 작업금지이며, 1년간 술집 출입금지 명령을 받게 된다.

둘 다 금전적으로 엄청난 손해이기에 술은 마시지만 주사 부리거나 말썽 피우는 자는 없다.

스타이발 마탑주나 전장의 학살자 같은 무시무시한 존재가 있으니 까불고 싶어도 그럴 수 없었던 것이다.

파빌리온을 시작으로 타지마할과 바실리, 그리고 한옥단

지까지 돌아다니며 설명을 들었다.

다 완공될 때까지 완벽하게 자리를 비워도 될 듯하다.

"그런데 빌모아 일족은 손이 부족하지 않습니까?"

"손이 부족해? 아! 일꾼이 더 필요하냐는 말이군."

"맞습니다. 동시다발적으로 진행되는 일이 너무 많으니까요. 안 그래요?"

"안 그래! 우리 일족을 뭘로 보고……. 하루에 반나절도 일안 하는 녀석들도 널렸구만."

작업자들에게 할당량을 부여한 후 일찍 마치면 쉬어도 된다고 하자 드워프들도 그렇게 하자는 의견이 대두되었다.

나이즐 빌모아는 고개를 끄덕이며 덧붙였다.

일찍 마치는 자에겐 맥주를 주겠다고 한 것이다.

동기부여가 목적이었는데 그 정도가 아니가 드워프들이 광분하게 만드는 말이 되어버렸다.

드워프들은 미친 듯이 일을 하고는 맥주를 요구했다.

그 결과 모스크바에서 구입한 발찌까 맥주 20만 캔이 거의 소진되었다. 참으로 먹성 좋은 드워프들이다.

"여기 말고 다른 작업장이 또 있는데 거기서 작품 활동을 해보는 건 어떻겠습니까?"

"여기 말고……? 뭐, 맥주만 충분하다면……."

"전에 드린 만큼 가져다 드리면 되겠습니까?"

"…정말? 근데 그거 말고 막걸리라는 것하고 바삭바삭한 그것도 어떻게 안 되나?"

"바삭바삭한 거라면……. 아! 그거요? 당연히 되죠."

"그럼 거래되었네. 어딘가 현장이……?"

"여기서 좀 멉니다. 그리고 거긴 더운 지방이구요."

나이즐 빌모아는 고개를 갸웃거린다.

평생을 사계절이 뚜렷한 곳에서 살아왔다. 이곳은 현재 아침과 저녁엔 몹시 쌀쌀하다. 깊은 산중이라 더하다. 따라서 대륙 전체가 이곳처럼 서늘할 것이라 여기고 있다.

그런데 덥다니 이해가 안 된 것이다.

"대륙 남쪽 바다엔 파이렛 군도라는 해적들의 근거지가 있었습니다. 그곳을……."

잠시 현수의 설명을 듣고 있던 나이즐이 눈을 크게 뜬다. 못 본 사이에 왕국을 만들었다는데 어찌 놀라지 않겠는가!

"그래서 거기에도 바실리랑 타지마할, 그리고 파빌리온과 루드비히, 마지막으로 한옥단지 등을 지어줬으면 합니다."

나이즐은 눈빛을 반짝이며 반문한다.

"어떤 걸 왕궁으로 쓸 것인가?"

방금 언급한 다섯 가지는 제각기 건축양식이 다른 것이다.

현수가 보여준 것은 사진과 간단한 평면도뿐이다. 하여 나머지는 상상하여 지었다.

거의 다 지어놓고 보니 흡족하지만 아쉬운 부분도 있다. 그렇다 하여 허물고 다시 지을 수는 없다.

하여 한 번 더 기회가 있으면 훨씬 잘 지을 수 있을 텐데 하는 마음을 품었다. 그런데 그 기회가 왔다.

나이즐 빌모아는 장인이다.

그것도 웬만한 장인이 아니라 장인들이 인정할 만큼 예술적 감각 넘치고, 자부심 또한 넘치는 명장 중의 명장이다.

예를 들자면 조선 500년 역사에 많은 수군통제사가 있었다. 그들 중 어느 누구를 감히 충무공 이순신 장군과 비교할 수 있겠는가!

나이즐 빌모아는 장인 종족 드워프 중에서도 탁월한 감각을 가진 존재이다. 지금까지 수많은 예술품을 탄생시켰다.

반지나 팔찌, 목걸이, 티아라 같은 장신구도 있었고, 바스타드 소드, 아머, 방패 같은 무구도 많았다.

그런데 후손들에게 보여줄 것이 없다. 명품을 만들어내지 못했다는 뜻이 아니다.

보석을 다듬어 작품을 만들어 놨는데 드래곤들이 심심치 않게 들이닥쳐 모조리 앗아갔다.

드래곤 역시 진품을 보는 눈이 있기에 많은 공예품 중 나이즐 빌모아가 만든 걸 용케도 골라간 것이다.

일부는 인간 세상으로 흘러들어 어느 왕가 혹은 황가의 보물창고 속에 처박혀 있다.

극소수의 권력자들만이 감상하는 것이다. 그렇기에 '이게 내 작품이야'라고 말하며 꺼내놓을 게 없다.

그런데 건축물은 다르다.

들고 가고 싶어도 그럴 수 없으며, 한 번 지어놓으면 그 자리에 수백, 수천 년간 존재한다.

나이즐은 현수의 요청을 받고 바실리, 루드비히, 한옥, 타지마할, 파빌리온을 건축했다.

전부가 처음 접하는 건축양식이었지만 나이즐은 훌륭하게 표현해 냈다. 그리고 재차 기회가 왔다.

이런 건 묻지 않으면 안 된다. 그렇기에 나이즐은 몹시 흥미 있다는 표정을 지어 보인다.

"어떤 걸 왕궁으로 쓰실 건가? 말만 하시게."

어느새 말도 반쯤 올려준다. 인간 세계의 왕이라는데 마냥 반말을 할 수는 없기 때문이다.

"여기처럼 공무는 바실리에서 보고, 사적인 공간은 한옥단 지였으면 합니다."

"거기 경치 좋은 곳 많으신가?"

"그럼요! 가보시면 깜짝 놀랄 만큼 장관인 곳도 많이 있습니다."

지나에는 구채구(九寨溝)라는 곳이 있다.

사천성에 있는 곳으로 아홉 개의 장족 마을이 있었다 하여 구채구라 부른다. 이곳은 계곡을 따라 형성된 108개의 호수와 13개의 폭포가 장관을 이룬다.

지나 정부는 이곳을 관광특구로 지정했다. 그리곤 1인당 6만 원이나 되는 비싼 입장료를 받아 챙긴다.

하여 들어갈 땐 강도당한 기분이 들지만 오채지 등을 구경하다 보면 그런 마음이 스르르 사라질 정도로 경관이 빼어나다.

이실리프 군도에도 이런 곳이 여럿 있다.

그렇기에 흔쾌히 고개를 끄덕여 주었다.

"하겠네! 여기 일은 이제 마무리만 남은 셈이니 일족 중 일부만 남아 있으면 되네."

"아! 감사합니다."

"감사는 무슨……! 아닙니다. 오히려 우리가 감사해야죠. 일족을 대표하여 이런 기회를 주어 정말 고맙습니다."

나이즐의 말은 완전한 존대로 돌아섰다.

"에구……! 전처럼 편히 대하십시오. 제가 불편합니다."

"아이고, 아닙니다. 국왕이 되셨다는데 어찌……. 전하의 부하들이 제명에 못 죽게 할 겁니다."

그렇기는 하다!

자신들이 극존칭을 쓰고 충성을 맹세하는 인물에게 반말

툭툭 내뱉는 존재가 있다면 몹시 거스를 것이다.

좋을 땐 좋지만 조금만 틀어지면 중상모략을 해서라도 내치려 할 것이 뻔하다.

현수 역시 이런 걸 느끼기에 뭐라 만류할 수가 없어 잠시 말을 끊었다. 이때 나이즐이 스르르 무릎을 꿇는다.

"나이즐 빌모아와 빌모아 일족 전체는 이실리프 왕국의 신민이 되고 싶습니다. 받아주십시오."

이곳에 와서 작업을 하는 동안 느낀 점이 많았다.

첫째는 하인스 마탑주의 그늘 아래에 있으면 아주 안전할 것이라는 것이다.

인접 국가인 테리안 왕국은 물론이고 다른 어떤 국가도 이실리프 자치령을 상대로 도발하지 못한다.

모든 마법사와 모든 기사가 명령에 따르지 않을 것이기 때문이다.

게다가 드래곤조차 건드릴 수 없다.

이곳은 본시 드래곤 로드인 옥시온케리안의 영토인데 버젓이 공사를 하고 있음에도 여전히 멀쩡하다.

따라서 드래곤을 걱정하지 않아도 되는 곳이다.

나이즐 빌모아는 일족의 안위를 책임지는 족장으로서 많은 고심을 했다.

정중히 대해주는 현수를 믿고 일족 전체를 의탁했는데 다음 세대, 혹은 그다음 세대가 되었을 때 노예로 전락할 수도 있기 때문이다.

이런 고민을 하고 있던 어느 날, 스타이발 후작이 다른 사람들과 나누는 대화를 듣게 되었다.

"로드께선 최소 두 번의 바디 체인지를 겪으셨을 것이네. 어쩌면 그보다 더 많을 수도 있고."

"바디 체인지를 겪으면 무엇이 달라지는 겁니까?"

"수명이 늘어나지. 웬만한 잡병 따위는 걸리지도 않고."

"수명이 늘어요? 얼마나요?"

"고문헌에는 첫 번째에는 300년으로 늘어난다고 하네."

"그럼 두 번을 하면 어떤가요?"

"지금까지 두 번 이상 바디 체인지를 했다는 기록은 없네. 다만 추정하길 수명이 700살로 늘어날 것이라 하네."

"그럼 로드께서도 700살까지 사시는 건가요?"

"아니네, 로드께선 이 세상 어느 누구도 오르지 못한 10서클에 이르신 분이네, 모르긴 몰라도 최소 1,000년 이상 더 사실 것으로 추측하네."

"네에? 앞으로 천 년이요?"

"그래! 내 생각은 그러하네."

"혹시 로드의 연세를 알고 계십니까?"

"아니! 모르네. 다만 10서클에 이르기까지 오랜 세월이 흘렀을 것이니 한 300살쯤 되셨을 것으로 추측하지."

"후와아~!"

스타이발 후작의 이야기를 들은 사람들은 일제히 감탄사를 터뜨린다. 인간의 수명은 길어야 100년이다.

사내들 평균 수명은 45년 정도 된다. 질병과 전쟁, 굶주림 등으로 일찍 죽는 이가 많기 때문이다.

이런 걸 겪지 않아도 대부분 70살을 넘기지 못한다.

고서클 마법사들 중에는 마법적 성취를 위해 스스로를 리치로 만들기도 한다. 영원한 삶을 얻기 위함이다.

말을 하기도 하고, 움직임도 있지만 솔직히 살아 있는 사람은 아니다. 그렇기에 리치들을 경원[18]하는 것이다.

어쨌거나 나이즐은 스타이발 후작의 이야기를 듣고 내심을 정했다. 적어도 1,000년은 보장되었으니 모험을 걸어볼 만하다 생각한 것이다.

그렇기에 스스로 신민이 되기를 청했다.

"네……?"

너무도 갑작스런 일이기에 현수가 깜짝 놀랄 때 나이즐 빌모아의 말이 이어진다.

"대신 저희에게 끊임없는 일거리와 맥주를 줘야 합니다. 아! 편안한 잠자리는 저희가 직접 만들겠습니다."

---

18) 경원(敬遠) : 겉으로는 공경하는 체하면서 실제로는 꺼리어 멀리함.

"에구……!"

"그간 무례히 군 점 정중히 사과드립니다. 그럼 우리 빌모아 일족이 이실리프 왕국의 신민이 된 걸로 알겠습니다."

뭐라 대꾸하기도 전에 나이즐은 자리에서 일어선다. 그리곤 씨익 웃어 보인다.

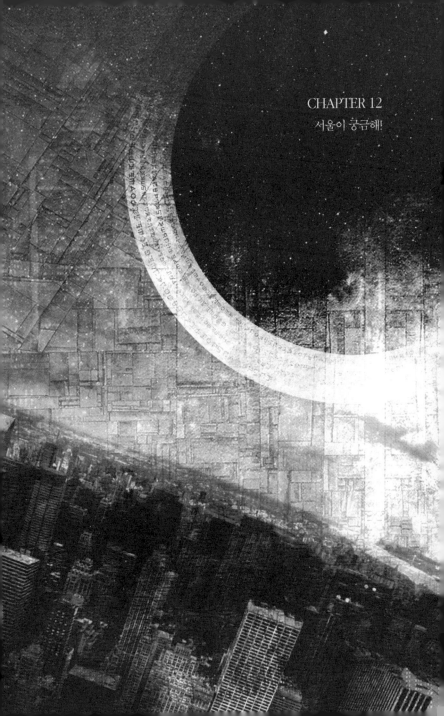

전능의팔찌
THE OMNIPOTENT
BRACELET

"일족의 안전 또한 책임져 주실 거죠?"

"그, 그럼요! 당연한 말씀이십니다."

"인간 세상에 끌려가 고초를 겪고 있는 드워프들도 구해주셨으면 하는 게 작은 바람입니다."

나이즐의 말처럼 상당히 많은 드워프가 인간에게 사냥당해 끌려갔다. 그리곤 노예가 되어 각종 장신구나 공예품, 무구 등을 만드는 생산 공장으로 전락했다.

다른 사람들은 이들을 구하는 게 어려울 것이다. 하지만 현수는 다르다.

영주 대부분은 마법을 익히거나 검을 쥔다. 영주 본인에게 무력이 없으면 암살당할 수도 있기 때문이다.

그런데 현수는 위저드 로드이며, 그랜드 소드 마스터이다. 따라서 각각의 영지가 보유한 노예 드워프들을 보내달라는 뜻을 전하면 거역할 자가 드물다.

각자 자신이 추구하는 바의 하늘이기 때문이다.

빌모아는 이것까지 계산에 넣은 것이다.

아무튼 현수는 크게 고개를 끄덕였다. 인간과는 다른 이종족이지만 노예로 부리는 것은 찬성하지 않기 때문이다.

"알겠습니다. 최선을 다해보죠."

"그나저나 이실리프 왕국은 얼마나 넓은 곳입니까?"

"이실리프 군도는 모두 59개의 섬으로 이루어져 있는데……. 아! 참, 이걸 보면……."

현수는 플라이 마법으로 하늘에 올라 이실리프 군도를 사진 찍은 바 있다. 상당히 많다.

노트북을 꺼내 저장된 사진들을 보여주자 나이즐은 눈빛을 빛낸다. 남쪽으로 가면 바다가 있다는 소리를 들어봤지만 한 번도 본 적이 없다.

에메랄드 빛 바다에 떠 있는 초록 섬은 황금빛 모래로 가득한 해변으로 둘러싸여 있다. 마치 한 폭의 그림 같다.

바다를 바라보며 우뚝 솟은 절벽도 있고, 섬 가운데를 구불

구불 휘감고 도는 시퍼런 강물도 보인다.

　잔뜩 우거진 정글을 자세히 살피니 이곳 바세른 산맥의 수종과는 달라 보인다. 잎사귀가 훨씬 더 넓고 크다.

　59개의 섬을 찍은 사진의 숫자는 대략 6,000장 정도 된다. 섬 하나당 100장 정도를 찍은 것이다.

　"이 섬이 가장 큰 섬입니다. 이쯤해서 바실리를 건립하고, 여기 이쪽에 한옥을 지었으면 합니다."

　"좋군요."

　"타지마할은 여기에, 파빌리온은 이곳에, 루드비히는 여기쯤이 괜찮을 것 같습니다."

　"섬마다 똑같은 걸 다 지으라는 겁니까?"

　"아닙니다. 제일 큰 이 섬에는 다섯 가지 건축물을 다 짓지만 나머지 섬에는 굳이 같은 규모가 아니어도 됩니다. 참! 이것도 보십시오."

　마우스로 화면을 바꾸자 나이즐은 몹시 신기하다는 표정을 짓는다. 현수는 아름다운 건축물들을 모아놓은 사이트로 들어가 사진을 보여주었다.

　나이즐은 눈빛을 빛내며 뚫어지게 바라본다. 장인의 눈빛으로 주시하고 있는 것이다. 그러거나 말거나 현수는 계속해서 화면을 바꿔가며 이것저것을 보여주었다.

　그중엔 그리스 산토리니 이아마을 사진도 있고, 프랑스의 콜마르, 체코 공화국의 체르키크룸로프도 있다.

이 밖에 스위스의 웽겐, 네덜란드 히트호른, 영국의 바이브리, 오스트리아 할슈타트 등도 보인다.

설명을 하며 각각을 프린터로 인쇄하여 주었다.

나이즐은 소중한 보물을 다루듯 조심스레 받아들고는 고개를 끄덕인다. 말은 안 했지만 벌써 머릿속에 각종 청사진들이 그려지는 중인 것이다.

"필요한 건축자재는 현지에서 조달하거나 뭍으로부터 운송토록 하십시오. 비용은 얼마든지 들어도 괜찮습니다."

"알겠습니다. 최선을 다하지요. 이곳에서 진행 중인 작업에 관한 지시가 필요하니 시간을 좀 더 주셔야 합니다."

"물론입니다. 이곳도 중요하니 천천히 하셔도 됩니다."

"그나저나 케린도가 작업을 다 마쳤습니다."

"아! 그래요?"

지난 12월에 현수는 포트녹스에서 가져온 금괴 8,350톤과 연방준비은행에서 꺼내 온 것 8,000톤, 그리고 지나 공상은행의 20개 지점 금괴보관소에 있던 2,300여 톤과 피터 로스차일드에게 팔려갔던 금괴 등을 꺼내놓은 바 있다.

약 20,000톤 정도 된다. 그때는 9,000억 달러 약 1,080조 원의 가치가 있었다.

그런데 금값이 올라 지금은 1조 1,200억 달러나 된다. 한화로 환산하면 1,344조 원이나 된다.

몇 달 사이에 264조 원이나 번 셈이다.

2014년 대한민국의 예산은 약 355조 8,000억 원이다. 이것과 비교해 보면 74.2%나 된다.

앉아서 1년 예산의 4분의 3 정도를 벌어들인 것이다.

"그럼 한번 가볼까요?"

"네! 저를 따라오시죠."

견물생심이라는 말이 있다. 물건을 보면 그것을 가지고 싶다는 마음이 생긴다는 뜻이다.

20,000톤의 금 중 15,000톤은 10kg짜리로, 나머지 5,000톤은 5kg짜리로 제작하라고 했다.

10kg짜리 금괴는 5만 6,000달러의 가치가 있다. 한화로 6,720만 원이다. 5kg짜리는 이것의 절반이니 2만 8,000달러, 3,360만 원이나 한다.

그렇기에 아무 곳에나 보관할 수 없어 드워프들의 거처 가장 안쪽 창고에 넣어두었다. 그리곤 경비병까지 세웠다.

혹시 있을지 모를 도난사고를 미연에 방지하기 위함이다.

나이즐 빌모아의 뒤를 따라 들어가는 동안 여러 드워프로부터 인사를 받았다. 작업이 끝난 드워프들은 통로 이곳저곳에 아무렇게나 누워 빈둥거리던 중이다.

그런데 장난스레 맥주를 달라고 했던 장로는 나이즐이 엉덩이를 걷어차며 주의를 주었다.

"이게 어디서 감히 지엄하신 분께⋯⋯! 앞으론 농담 금지다. 알았어? 얼른 사죄드려!"

나이츨의 말이 떨어지자 농담했던 장로는 얼른 무릎을 꿇는다. 자존심 강한 것으로 유명한 드워프 일족이지만 족장의 명은 하늘같기에 무조건 따르는 것이다.

"제가 감히 지엄하신 분께 죽을죄를 지었습니다. 저의 잘못을 용서하여 주시기 바랍니다."

"네! 용서합니다. 그러니 그만 일어나세요."

말을 마친 현수는 아공간에 담겨 있던 맥주 한 파레트를 꺼내놓았다.

"이건 같이 나눠드십시오. 아이스!"

마나가 스며들자 미지근했던 맥주가 이내 시원해진다. 엉덩이를 걷어차인 장로는 나이츨에게 시선을 준다.

이건 전부 자신의 것이니 넘볼 생각 말라는 표정이다. 엄청 익살스러운 상황이었기에 웃지 않을 수 없었다.

"하하하! 족장께는 따로 드릴 테니 어서 가시죠."

"네⋯⋯? 아! 네에. 그, 그럼요. 근데 저 녀석에게 준 것보다는 많이 줘야 제 체면이⋯⋯."

"그럼요! 당연하죠. 세 배를 드릴게요."

"세, 세 배요?"

한 파레트에 얼마나 많은 맥주가 올라가 있겠는가!

상상만으로도 즐거운지 나이즐 빌모아의 입꼬리는 금방 위쪽으로 휘어져 올라간다.

"핫핫! 가시지요."

나이즐과 현수가 코너를 돌자 뒤쪽에서 환호성이 터져 나온다. 그리곤 다음과 같은 소리가 들린다.

딱, 딱, 따딱! 따따따따딱!

뚜껑 따는 소리가 요란하다.

꿀꺽, 꿀꺽, 꿀꺽!

"캬아아! 크흐흐!"

"캬아! 그래, 이 맛이야!"

"우와아! 시원하다. 하나 더!"

'잠자다 날벼락 맞는다'는 말이 있다. 근데 이건 '자다가 횡재'에 해당된다.

여기저기 누워 있던 드워프들이 벌 떼처럼 몰려든다.

파레트 위에 가득하던 캔맥주가 모두 비워지는데 걸리는 시간은 불과 몇 분일 듯싶다.

밖에서 한바탕 맥주 파티를 벌이고 있을 때 현수는 창고에 쌓아놓은 금괴를 바라보고 있다.

전에 이야기했던 것처럼 금괴 겉면에 순도표시와 더불어 이실리프 그룹의 로고가 새겨져 있다.

로고 아래쪽엔 10자리 식별번호가 있다.

10kg짜리 금괴는 0000000001부터 0001500000까지이고, 5kg짜리는 0001500001부터 0002500000까지이다.

각각 150만 개와 100만 개다.

"우와!"

현수의 입에서 저절로 감탄사가 터져 나온다. 엄청난 양에 압도된 때문이다.

"가져가십시오. 그리고 있으면 더 꺼내십시오."

"네⋯⋯?"

현수가 무슨 소리냐는 표정을 짓자 나이즐 빌모아가 퉁명스런 음성으로 대꾸한다.

"요즘 케린도 그놈 노는 꼴을 보고 있으려니 배알이 뒤틀려서요. 기왕에 꺼내실 거면 아주 왕창 꺼내십시오."

"아! 네에."

무슨 뜻인지 알겠다는 표정으로 고개를 끄덕이자 말 나온 김에 어서 꺼내라는 몸짓을 한다.

"아공간 오픈!"

시커먼 구멍이 열리자 어깨 위의 아리아니가 묻는다.

[주인님! 저거 다 집어넣으실 거예요?]

[그래! 안에 공간 넉넉하지?]

[그럼요! 얼마든지 넣을 수 있어요.]

"입고!"

현수의 입술이 달싹이자 엄청나게 많은 금괴가 한순간에 사라진다.

"넣는 건 다 넣었습니다. 꺼내놓는 건 어디에……?"

"아! 저를 따라오시죠."

나이즐은 케린도 빌모아의 작업장 근처까지 안내한 후 텅 빈 공간을 손짓으로 가리킨다.

"여기 꺼내놓으시면 됩니다."

"알겠습니다. 아공간 오픈! 출고!"

말 떨어지기 무섭게 어마어마한 양의 금덩이가 쏟아져 나온다. 히데요시가 남긴 순도 낮은 금화와 금덩이들이다.

눈짐작으로 무게를 헤아려 보니 10,000톤쯤 되는 듯하다.

"이것 중 절반은 5kg짜리로, 나머지는 1kg짜리로 제작하라고 하세요."

5kg짜리 100만 개와 1kg짜리 500만 개를 만들라는 뜻이다. 이 정도면 한동안 정신없이 바쁠 것이다.

금을 제련하여 순도를 높이는 것보다 정확한 무게를 갖게 하는 것이 훨씬 더 어려운 일이다. 따라서 케린도 빌모아는 당분간 탱자탱자 하면서 놀지 못할 것이다.

"크흐흐! 케린도 그 녀석이 아주 좋아하겠습니다."

"아무래도 그렇겠죠? 그래도 금괴를 만들어준 공이 있

으니 케린도 빌모아에게도 맥주를 주겠습니다. 아공간 오픈! 출고!"

이번에도 캔 맥주 한 파레트가 꺼내졌다.

아이스 마법으로 차갑게 냉각시킬 때 문이 열리고 케린도 빌모아가 들어선다.

시원한 맥주를 보고 눈을 크게 떴던 케린도 빌모아는 또 금괴를 만들어야 한다는 말에 한숨을 쉰다.

양이 많아도 너무 많은 때문이다.

그러거나 말거나 둘은 밖으로 나갔다. 그리곤 족장 전용 창고로 직행하여 맥주 세 파레트를 꺼내놓았다.

뿐만 아니라 안주가 될 만한 과자도 잔뜩 꺼내주었다.

나이즐은 산더미처럼 쌓인 과자박스를 보며 너무 좋아서 어쩌지 못한다.

일전에 현수가 주었던 '대단한 나초, 도도한 나초, 눈을감자, 포카칩, 스윙칩, 오! 감자, 스윙칩 양파' 등을 너무 맛있게 먹은 때문이다.

기왕에 주는 것이고, 자치령 건설에 애를 썼으며, 앞으로도 애를 쓸 존재이다. 하여 육포와 쥐포, 대구포, 오징어채 등도 꺼내주었다.

상할 수 있기에 나이즐 빌모아의 창고는 냉장 공간과 냉동 공간이 신설되었다. 냉장실은 2℃가 유지되도록 했고, 냉동

실은 −20℃짜리 항온마법진이 설치되었다.

곁에서 현수가 하는 모습을 지켜보던 족장은 감탄사를 연발했다. 너무도 간단히 모든 것을 처리해 낸 때문이다.

물론 마법의 힘이다.

밖으로 나온 현수는 밤늦도록 나이즐 빌모아와 이실리프 왕국 건설에 관한 의견을 주고받았다.

이곳에서의 경험을 바탕으로 더 나은 곳을 만들어보자는 데 의견이 일치되었기에 흔쾌한 기분으로 일어설 수 있었다.

현수가 바실리로 돌아간 것은 아주 깊은 밤이다.

하지만 스타이발 후작을 비롯한 아카데미 교수진은 자지 않고 있었다.

마법사들은 오래간만에 보는 위저드 로드로부터 깨달음의 벽을 깨는 힌트를 얻고자 함이다.

전장의 학살자처럼 검을 다루는 이들은 그랜드 마스터로부터 한 수 배우길 원한 것이다.

어찌 이들을 외면하겠는가!

먼저 마법사들에게 마나에 관한 이야기를 해주었다.

고등학교에 가보면 '수포자'가 상당히 많다. 수포자란 수학 포기자를 줄인 말이다.

한국의 대학입시를 눈여겨 살펴보면 수학 성적이 어느 대학으로 갈 것인지를 결정하는 가장 중요한 요소이다.

서울시 강서구에 소재한 모 인문계 고등학교 1학년의 경우 중간고사 학년 평균이 20점에 불과하다.

전교생의 절반 정도가 20점 이하라는 의미이다.

수학을 아예 포기한 학생도 있겠지만 나름대로 준비했음에도 이런 점수를 받는 경우도 있다.

학원을 다녔을 것이고, 교육 방송도 열심히 시청하였을 텐데 왜 이런 점수가 나올까?

흔히들 기초가 없다는 말을 많이 한다. 고1인 경우엔 중학교 과정이 완전하지 못할 때 쓰는 말이다.

그럼 왜 완전하지 못할까?

공부를 안 해서라고, 머리가 나빠서라고, 하기는 했는데 건성으로 해서 그렇다는 답변이 나온다.

그럼 왜 그랬을까?

낮은 시험 성적을 원하는 학생은 하나도 없다.

모두가 평균 90점 이상이길 원하고, 기왕이면 전교 1등이라는 성적표를 받아 우쭐대고 싶어 한다.

노력을 하는데도 왜 이럴까를 곰곰이 생각해 보면 가장 기본이 되는 걸 등한시한 때문이다.

수학을 공부할 때 가장 먼저 기본 개념부터 배운다.

그런데 이 개념은 공부를 못하는 학생도 고개를 끄덕일 정도로 알아듣기 쉽다.

하여 대강 듣거나 한 귀로 흘려버린다. 너무 쉽고, 뻔한 이야기인지라 중요하다는 느낌이 덜해서 그럴 것이다.

그런데 기초가 부실한데 그 위에 건물을 지으면 어떻게 될까? 처음 얼마만큼은 나름대로 버티지만 하중이 쌓이면 한순간에 무너져 버린다.

쌓였던 것이 적으면 얼른 치우고 다시 시작하면 된다.

하지만 쌓여 있던 양이 많은 경우는 잔해를 치우는 것만으로도 일이다. 그러는 동안 시간이 흘러 다시 쌓고 싶어도 그럴 시간적 여유 없이 수능을 보게 된다.

당연히 낮은 점수가 나올 것이다. 그럼 소위 명문대학이라 불리는 곳엔 갈 수가 없다.

마법도 이러하다. 가장 기본이 되는 마나에 관한 개념이 제대로 정립되지 않거나 부실한 마법사들도 노력에 따라 어느 수준까지는 서클이 올라간다.

그러다 벽을 만나게 되고, 그것은 평생을 두고 두드려도 깨지지 않는 수가 있다. 미처 생각지 못해 엉뚱한 부분만 두드리는 것일 수 있기 때문이다.

스타이발 후작을 비롯한 마법사들은 현수가 설파하는 마나이론에 넋이 나가 버렸다. 자신들이 얼마나 기본을 무시했는지 깨달은 것이다.

몇 마디 말로 마법사들의 의식을 깨우자 곧바로 명상에 들어간다. 현수가 준 실마리를 풀기 위함이다.

현수는 파빌리온 기사 연무장으로 자리를 옮겼다. 그곳에서 전장의 학살자 하인스와 더불어 검을 나눴다.

현수가 수비만 했음에도 불구하고 하인스는 접근조차 하지 못했다. 동체시력과 반응 속도의 차이 때문이다.

현수의 눈엔 하인스의 움직임이 슬로우 비디오를 보는 것 같았다. 그에 반응하여 방어하거나 공격 루트를 미리 차단하는 현수의 움직임은 섬전처럼 빨랐다.

그 결과 하인스는 공격을 하려다 물러서길 반복했다.

자신이 가려는 방향에 뾰족한 검끝이 기다리고 있는데 어찌 전진할 수 있겠는가!

아무리 해도 안 되자 하인스는 오러까지 뿜어대며 달려들었다. 그럼에도 현수의 털끝조차 건드리지 못했다.

검과 검이 부딪쳐도 현수의 평범한 소드는 조금의 손상도 입지 않았다. 격돌할 때만 0.2초쯤 발현되는 플래쉬 오러 덕분이다.

시간이 흐르자 하인스는 거친 숨을 내쉰다.

소드 마스터이지만 사람인지라 체력이라는 것이 있다. 게다가 오러를 뿜어내느라 마나까지 소진되었다.

"헉헉! 도, 도저히……. 헉헉! 아, 안 되겠… 헉헉! 헉헉!"

챙그랑―! 털썩―!

체력이 완전히 고갈된 하인스는 검을 떨구며 주저앉는다. 검을 들고 있는 기운조차 소모된 때문이다.

전장이었다면 목을 베든 말든 마음대로 하라는 뜻이다.

잠시 앉아 있던 하인스는 이내 널브러져 버린다. 체력이 완전히 고갈되어 앉아 있을 기운조차 없는 것이다.

구경하던 이들은 입을 딱 벌리고 있다. 누가 봐도 전장의 학살자 하인스는 전력을 다해 검을 휘둘렀다.

현수가 없는 동안 일과가 끝나면 검사들끼리 모여 대련을 했다. 덕분에 다들 실력이 일취월장했다.

소드 마스터인 하인스는 거의 매일 소드 익스퍼트 상급이나 최상급을 상대하며 조언을 해줬다.

일대일인 경우가 대부분이었지만 혼자서 다섯 명을 상대할 때에도 여유가 있었다. 대련을 하다 보면 가끔은 몹시 격렬해질 때가 있었다. 호승심 때문이다.

그때마다 하인스는 눈부신 움직임으로 공격을 차단하고, 역공을 퍼붓곤 했다. 이쯤 되면 모두들 고개를 설레설레 흔들며 패배를 자인하곤 했다. 모두들 그게 전력을 다한 것인가 싶었다. 그런데 오늘 보니 확실히 아니다.

짐작컨대 자신들과 대련은 능력치의 80% 정도만 썼다.

그런데 오늘!

한 번도 보지 못한 검식이 난무했다. 그리고 이를 악물고 현수의 옷깃이라도 베어보려 애를 썼다.

명색이 소드 마스터이다. 그런데 현수의 털끝도 못 건드려 보고 쓰러져서 헐떡거린다.

반면 현수는 처음과 달라진 게 하나도 없다.

하인스는 땀투성이인데 현수는 뽀송뽀송하다.

전장의 학살자를 소드 마스터의 전형이라 생각해 보면 열 명의 하인스가 있어도 현수를 못 이길 것 같다.

게다가 오늘은 오러를 전혀 사용하지 않았다.

만일 20m짜리 검강을 뿜어냈다면 하인스는 잘게 베어진 육편이 되어 있을 것이다.

이것까지 감안한다면 30명 이상의 소드 마스터가 있어도 상대가 못 될 것 같다. 그렇기에 입을 딱 벌린 채 멍한 표정을 짓고 있는 것이다.

상상 이상의 전력임을 이제야 깨달은 것이다.

"자! 다음은 누구지?"

"…저요, 제가 하겠습니다."

"…저도 하겠습니다."

동시에 나선 이는 가가린 백작과 스미스 백작이다.

가가린은 미판테 왕국 출신이고, 스미스 백작은 테리안 왕국 출신이다. 이들은 본인의 작위와 영지를 자식들에게 물려주고 왔다. 다시 말해 은퇴한 것이다.

소드 마스터가 되고 싶다는 열망이 모든 것을 내려놓게 만든 것이다.

둘 다 소드 익스퍼트 최상급으로 전장의 학살자와 대련을 통해 실력이 향상되었다. 하여 최상급 중에서도 최상급이다.

"좋아! 둘이 함께 오게."

다른 사람이 이런 말을 했다면 분노했을 것이다. 하나 상대는 현수이다. 자신들쯤은 백 명이 덤벼도 끄떡도 없는 존재라는 걸 알기에 찍소리 않고 군례를 올린다.

"네! 감사합니다."

"영광입니다!"

"좋아! 들어오게."

현수가 검끝을 까딱거리자 가가린과 스미스는 눈빛을 교환한다. 전장의 학살자와 대련하는 동안 합공할 때 시간 차 공격이 아주 유효하다는 것을 깨달았다.

처음부터 그것을 써보자는 것이다.

"이잇!"

"야아압!"

스미스는 우에서 좌로 베고, 가가린은 얼굴을 찔렀다.

웬만하면 당황하여 물러설 수법이다. 하지만 현수는 그러지 않는다.

챙, 채앵—!

"헐……!"

"세상에……!"

현수는 먼저 쇄도한 스미스 백작의 검을 쳐올렸다. 그러자 스미스 백작의 검이 가가린 백작의 검을 쳐낸다.

타짜들은 이를 일타이피라고 할 것이다.

"의도는 좋았는데 스미스 백작의 검은 쾌(快)에 치중하여 중(重)이 부족했네. 가가린 백작의 검은 변(變)이 부족했어. 자고로 검이란……."

검의 기본에 대한 설명이 잠시 이어졌다.

가가린과 스미스는 아주 공손한 자세로 경청한다. 그런데 둘만 이러는 게 아니다.

하인스는 물론이고 다른 검사들 역시 귀를 쫑긋거린다.

어쨌거나 현수의 설명은 이어졌다.

"빠르되 가볍지 않아야 하고, 너무 많은 변화를 노리면 오히려……."

현수는 직접 검을 휘둘러 보이며 시범을 보여주었다. 마지막엔 플래쉬 오러까지 선보였다. 아주 짧은 순간 동안만 오러가 검을 보호하므로 마나 소모를 최소한으로 줄인다는 설명을 하자 하인스가 감탄사를 터드린다.

"아……!"

뭔가를 깨달은 듯 눈을 감는다. 그런데 갑자기 스미스와 가가린도 감탄사를 토한다.

"아아! 그랬구나."

"허어, 이런 걸 여태······!"

가가린과 스미스가 깨달음의 벽을 깨고 소드 마스터가 되는 순간이다. 현수는 모두들 조용히 물러나라는 손짓을 했다.

다들 어떤 상황인지 알기에 고개를 끄덕이곤 멀어져 갔다.

현수는 세 사람의 명상이 방해받지 않도록 앱솔루트 배리어 마법을 구현시켰다.

그리곤 멀찌감치 물러나 있던 이냐시오를 불렀다.

"잘 있었느냐?"

"네! 고모부!"

"지낼 만했어?"

"네! 많은 걸 배우고 있습니다."

"다행이구나. 조만간 나와 함께 멀리 가야 할지도 모른다. 그러니 언제든 떠날 수 있도록 준비해 두거라."

이냐시오는 자기도 영문을 알면 안 되겠느냐는 표정을 짓는다. 하여 파이렛 군도가 이실리프 군도로 바뀌었음을 설명해 주었다.

"그, 그럼 고모부께서 국왕이 되시는 거예요?"

"그래! 내가 초대 국왕이다."

"헐! 그럼 고모는······?"

"이실리프 왕국 초대 국왕의 제1부인이 되지."

"우와아……!"

이냐시오는 노처녀 고모가 팔자를 고친 이야기에 입을 딱 벌린다.

"당장 떠날 것은 아니니 당분간 열심히 수련하고 있어라. 소드 마스터가 셋이니 그들이 가진 모든 걸 흡수하겠다는 일 념을 가지면 될 것이다."

"네! 고모부! 아니, 국왕 폐하!"

"녀석! 너는 그냥 고모부라 부르도록 해라. 알았지?"

"네! 고모부!"

이냐시오는 인간 같지 않은 고모부를 다시 한 번 바라본다. 불과 스물다섯 살짜리 청년으로 보인다.

그런데 10서클 대마법사이고, 그랜드 마스터이다. 이실리 프 자치령의 영주이면서, 이실리프 왕국의 국왕이기도 하다.

아공간 속엔 상상도 못해본 온갖 기이한 물건이 가득하고, 어마어마한 부자라고 한다. 케린도 빌모아가 20,000톤에 이 르는 금괴를 제작한 것이 소문난 것이다.

"지금부터 이곳에서 잘 지키고 있거라. 셋의 명상이 마쳐 지려면 하루나 이틀은 지나야 할 것이다."

"네! 고모부!"

"나는 잠시 다녀올 곳이 있으니 이곳의 경비 책임을 네게

맡기마."

"…네! 알겠습니다."

이냐시오는 걱정 말라는 표정으로 가슴을 툭툭 두드린다. 믿고 맡기라는 뜻이다.

기사 연무장을 나선 현수는 구경하듯 이곳저곳을 둘러보았다. 전에 꺼내 준 컨테이너에 완전히 적응한 듯싶다.

"금괴 준비가 마쳐졌으니 이제 슬슬 지구로 가봐야겠지?"

게리 론슨과 왕리한, 그리고 가와시마 야메히토는 자신들의 임무를 잘 수행했을 것이다.

"킨샤사 저택 좌표가 뭐더라……?"

좌표집을 꺼내 확인을 마친 현수는 옷을 갈아입었다.

"자아! 지구로 가보자. 트랜스퍼 디멘션!"

샤르르르르르릉―!

현수의 신형이 스르르 흩어진다.

이때 멀리 떨어진 라수스 협곡에서 대규모 마나 유동 현상이 빚어진다.

라수스 협곡의 지배자 라이세뮤리안의 귀환이다.

같은 순간, 로니안 공작 부부는 킹사이즈 침대 위에 잠들어 있다.

"하으음!"

잠결에 세실리아 공작부인의 다리가 로니안 공작의 다리

를 휘감자 기다렸다는 듯 품에 안는다.

이 순간 세실이아 부인이 이를 간다.

빠드득! 빠드드득!

"으이그! 잠버릇 하고는……."

『전능의 팔찌』 41권에 계속…

FANATICISM HUNTER

광신사냥꾼

류승현 판타지 장편 소설

FANTASY FRONTIER SPIRIT

「블레이드 마스터」의 류승현 작가가 펼쳐내는
판타지의 새로운 신화!

마도대전을 승리로 이끈 유리언 대륙의 영웅,
최강의 아크 메이지 제온!

그러나 '세상의 섭리'에 아내와 아이를 빼앗기는데……

『광신사냥꾼』

만약 그것이 정말로 세상의 섭리라면,
그마저도 무너뜨리고 말리라!

복수를 위한 제온의 위대한 여정이 시작된다!

Book Publishing CHUNGEORAM

유행이 아닌 자유추구 -
WWW.chungeoram.com

LORD

FANTASY FRONTIER SPIRIT

RAY SHADE

영주 레이샤드

한승현 판타지 장편소설

저주받은 영지 아베론의 영주 레이샤드.
열다섯 번째 생일날,
정체불명의 열쇠가 그의 운명을 바꾸었다!

『영주 레이샤드』

시험의 궁을 여는 자, 원하는 것을 얻으리니!
시련을 극복하고 새로운 땅의 주인이 되어라!

레이샤드의 일대기가 시작된다!

Book Publishing CHUNGEORAM

유행이 아닌 자유추구 ~
WWW.chungeoram.com

말년병장 이등병되다!

에바트리체 장편 소설
FUSION FANTASTIC STORY

대한민국 남자라면 알고 있을 바로 그 이야기!

『말년병장, 이등병 되다!』

전역을 코앞에 둔 말년병장, 이도훈.
꼬장의 신이라 불리던 그가 갑자기 훈련병이 되었다?!

"…이런 X같은 곳이 다 있나!"

전우애 넘치는 군인들의
좌충우돌 리얼 군대 이야기!

Explosive Dragon King

Bahamut

폭룡왕
바하무트

GAME FANTASY STORY

몽연 게임 판타지 소설

가상현실 게임 포가튼 사가 랭킹 1위!
대륙십강 전체를 아우르는 폭룡왕 바하무트.

폭룡왕이라는 칭호를 「진짜」로 만들어라!

방법은 한 가지.
400레벨 이상의 라그나뢰크급 노룡
칠대용왕(七大龍王)이 되는 것.

어디에도 소속되지 않은 채 유유히 전장을 누빈다.
바하무트 앞에 펼쳐지는 새로운 게임 세계!

말년병장

이등병되다!

에바트리체 장편 소설

FUSION FANTASTIC STORY

대한민국 남자라면 알고 있을 바로 그 이야기!

『말년병장, 이등병 되다!』

전역을 코앞에 둔 말년병장, 이도훈.
꼬장의 신이라 불리던 그가 갑자기 훈련병이 되었다?!

"…이런 X같은 곳이 다 있나!"

**전우애 넘치는 군인들의
좌충우돌 리얼 군대 이야기!**

LORD

FANTASY FRONTIER SPIRIT

RAY 영주 레이샤드
SHADE

한승현 판타지 장편소설

저주받은 영지 아베론의 영주 레이샤드.
열다섯 번째 생일날,
정체불명의 열쇠가 그의 운명을 바꾸었다!

『영주 레이샤드』

시험의 궁을 여는 자, 원하는 것을 얻으리니!
시련을 극복하고 새로운 땅의 주인이 되어라!

레이샤드의 일대기가 시작된다!

Book Publishing CHUNGEORAM

유행이 아닌 자유추구 -
WWW.chungeoram.com

FANATICISM HUNTER

광신사냥꾼

류승현 판타지 장편 소설

FANTASY FRONTIER SPIRIT

『블레이드 마스터』의 류승현 작가가 펼쳐내는
판타지의 새로운 신화!

마도대전을 승리로 이끈 유리언 대륙의 영웅,
최강의 아크 메이지 제온!

그러나 '세상의 섭리'에 아내와 아이를 빼앗기는데……

『광신사냥꾼』

만약 그것이 정말로 세상의 섭리라면,
그마저도 무너뜨리고 말리라!

복수를 위한 제온의 위대한 여정이 시작된다!

Book Publishing CHUNGEORAM

유행이아닌 자유추구
WWW.chungeoram.com